W0328508

Antoine BENEDETTI

MÉMOIRES DE RIOU DE ROQUEBRUNE

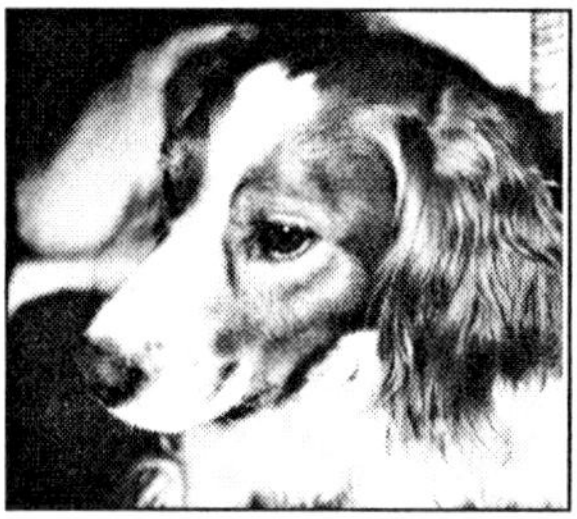

L'épagneul… CREUSOIS !

Les Presses du Midi

Du même auteur aux Éditions Les Presses du Midi :

« Entre le ça et le moi » - janvier 1999
« Si ces pierres m'étaient contées » - décembre 2000

© Éditions les Presses du Midi
Impression PDM

---

121 avenue d'Orient - 83100 Toulon
Tel. : 04 94 16 90 20 - Fax : 04 94 16 90 29
Dépôt légal juillet 2001
ISBN : 2-87867-327-1

PRÉFACE

Riou ! ouha, ouha, oui c'est moi : Prénom Riou (petit ruisseau), c'est plus joli que Ru ! nom : De Haute Serre, ce n'est pas un titre de noblesse, quoique ! c'est mon lieu de naissance, ou presque, on en reparlera, mais oui ! je parle, pas depuis très longtemps, mais je parle… Genre : chien, ah oui je suis un chien. Race : Épagneul Breton avec pedigree SVP, par mon père et par ma mère ! ouha ! ouha ! pur produit creusois, le seul inconvénient, c'est que je ne suis plus, être ou ne pas être… ! Enfin je ne suis plus vivant, je suis mort ; cancer des poumons et pourtant je ne fumais pas ! mais trêve de plaisanterie, je ne voudrais pas donner dans l'humour macabre, cependant je suis bel et bien décédé le 9 novembre 1999 à 14 h 30 ! Voyez c'est précis, je vous raconterai tout ça par le détail, imaginez et retenez simplement ceci : quand j'étais en vie, je ne parlais pas et pour cause, j'aboyais, mais sans exagération, je me manifestais quand quelqu'un sonnait à la grille, ou heurtait la porte avec une main en bronze, prévue à cet effet. Je prévenais mes maîtres, enfin quand je dis mes maîtres, je pense plutôt mes parents ! c'était quasiment mon père et ma mère… je vous en reparlerai également ; depuis que « je sais, que je sais parler », je suis intarissable. Donc je donnais l'alerte, mais ce n'était pas l'essentiel de ma mission : Épagneul Breton : chien de chasse, chien d'arrêt, chien de plume ! pure et noble race, un cade fay un cade, un pin fay, un pin, dit-on en provençal, on n'échappe pas à sa « génétique » pas plus qu'à son destin. « Che di gallina nasce in terra ruspa » qui est né d'une poule gratte le sol ou « un si po micca rinniga a so nascita », on ne peut renier ses origines (en corse dans le texte). Non seulement je parle, mais je suis trilingue… mais attendez ! patientez ! je vais vous étonner ! ouha ! ouha ! Bien résumons-nous ! suite à ce discours quelque peu décousu.

Après avoir passé douze ans sur terre et cinq mois sous le gazon, après avoir accompli toutes les formalités d'état civil auprès du saint Pierre des chiens et de son administration, ma petite âme canine, moyennant quelques petits actes de contrition, j'avais peu de chose à me reprocher, a pu choisir sur une liste exhaustive, ce qui est rare, son nouveau chemin. Après mûres réflexions j'ai eu envie de raconter de vive voix et non pas de vive ouha, ouha, ma vie, avec les réflexions qu'elle m'a inspirées après douze ans de silence, imposés par ma condition de toutou, du reste bien-aimé, adoré ! j'ai plein de choses à dire… oyez oyez bonnes gens, si vous le voulez bien !

LE DRESSAGE

Je venais d'avoir six mois ! mon maître était très fier parce que je correspondais exactement par la taille, le poids, les taches de ma robe, les soies de mes pattes avant et arrière, très exactement disais-je à l'Épagneul Breton type. Un véritable « mannequin ». J'étais né naturellement « anoure » c'est-à-dire avec une queue très courte. J'avais paraît-il un beau port de tête, une belle encolure. J'étais, excusez du peu, mais j'ai entendu ces qualificatifs élogieux me concernant, plutôt dix fois qu'une : « parfait », enfin presque, puisque la perfection n'est pas de ce monde. Je n'avais pas pour autant la grosse tête, d'autant que mon « patron » avait lu dans une revue que le crâne du véritable épagneul breton devait être presque aussi large que long, mais non plat, avec des formes arrondies, avec le « stop » accusé qui vient du setter. C'est exactement mon Riou, clamait Tony à qui voulait l'entendre et il profita d'un rassemblement canin, au lac de Vassivière pour me donner en spectacle… J'ai vu ce jour-là, plus de chiens que dans toute ma vie de chien ; de toutes tailles, de toutes races, en général très beaux ou très belles. J'ai été remarqué : on a vanté mes formes, mon allure, mes mensurations, mon humeur joyeuse. J'étais je dois l'avouer plutôt flatté mais je n'ai pas beaucoup apprécié ces prétendus connaisseurs qui me tripotaient les oreilles, et relevaient mes babines pour voir si mes quenottes étaient blanches et saines. Ils s'en prenaient même à mes parties intimes, sous prétexte de vérifier, de l'œil et de la main que j'étais normalement constitué… Oui mesdames et messieurs comme pour les papes ! Après cette inspection tous azimuts… « un grand ponte » du jury conseilla vivement à mon seigneur et maître de faire confirmer mon pedigree : « dans un concours ton toutou aurait beaucoup d'atouts ». Le Tony était content mais durant le trajet du retour, après un temps de réflexion, il me dit : « oh Riri ! t'es pas un chien de cirque, tu en as rien à foutre de faire le beau, de te faire tripoter les oreilles, les babines et les roupettes ! hein mon chien, le pedigree rien à glander ! tu es d'accord ? » je n'ai pas pu lui répondre, à l'époque, je ne parlais pas, mais je lui ai fait comprendre que je partageais son opinion.

Tout en conduisant, en sifflotant et en fredonnant « gare au gorille », mon Tony pensait davantage aux réalités de la chasse dans les grands espaces verts creusois, avec un bon chien (comme moi) qu'aux concours primés dans des situations factices…

Riou ! demain on attaque le dressage ! façon de parler, car je n'aime pas ce mot. On va apprendre à courir la campagne, à chasser tous les deux. Si tu aimes ton « patron » autant qu'il aime son chien, il n'y aura pas de problèmes, sauf que tu es encore un bébé ! prêt à faire des couillonnades ! par moment t'es con comme un jeune chien, c'est le cas de le dire !! « pas vrai ? » « ouais, mais par moment, toi aussi, oh mon maître ! Tu n'es pas toujours très clair, pas très patient non plus ? Pour l'amour réciproque, je crois qu'on est à égalité… Voilà ce que je lui aurais répondu si j'avais eu la parole ! na !… »

Le lendemain de cette expédition, « le patron » s'apprête à partir, juste après le petit-déjeuner. J'essaie de lui emboîter le pas, mais manifestement il ne veut pas de moi. Non ! Riou, tu restes avec ta patronne, tu garde la maison ! J'insiste, gémis un peu pour l'apitoyer, gratte à la porte, mais rien n'y fait, il reste ferme sur les prix, claque la porte et démarre.

Il réapparaît sur le coup des onze heures. J'entends la voiture et gratte à nouveau à la « lourde ».

Oui, je sais, c'est pas beau de dire « lourde » mais moi, ce mot me plaît beaucoup, alors comme je parle depuis peu et que ça ne durera peut-être pas longtemps j'en profite... La patronne a compris, elle me libère et je me précipite vers Tony pour lui faire la fête, les chiens c'est bien connu sont moins rancuniers que les éléphants, les chameaux et même les humains. Ce matin le maître sentait l'after-shave, il s'était rasé de près. Lorsqu'il est en vacances ça lui arrive, tous les trois ou quatre jours, maximum; l'odeur subtile qu'il répand maintenant n'a rien à voir avec « Cerruti 1881 », ça sent la sauvagine, et plus je m'approche de la malle de la Renault 11 et plus ces effluves enchanteurs chatouillent agréablement mes narines. Ah ! ah ! tu as déjà senti le gibier, bravo mon toutou, c'est pour toi que j'ai ramené ces deux perdreaux et ces cinq cailles pour parfaire ton apprentissage ! Viens mon chien, tu vas rester une dizaine de minutes avec les perdrix, pour bien te pénétrer de leurs senteurs de leur plumage, de leur forme, puis on recommencera avec les cailles, mais attention ! interdiction absolue de toucher aux cages ! tu renifles, tu regardes, tu observes, tu t'imprègnes bien des caractéristiques principales de ces petites bêtes, je te réserve une belle surprise.

Comme il me parle, mon bon maître ! il croit peut-être que j'ai un DEUG de français moderne, et un CAP d'ornithologiste ?

Comme je suis un bon gros toutou, pas trop bête et que l'idée de passer une vingtaine de minutes avec ces volatiles sauvages me convient parfaitement, je n'ai aucun mal à comprendre son discours; par contre, il va falloir que « je m'accroche aux branches » pour ne pas toucher à ces appétissantes bestioles. Je freine des quatre fers, mes pattes en l'occurrence, pour ne pas leur voler dans les plumes, j'en bave ! mais je tiens bon en pensant à la surprise de cet après-midi.

Quinze heures ! Tony charge ses cages dans la malle et me

fait monter près de lui. J'ai droit au siège passager, protégé par une couverture. Je vois, j'entends, je sens : tout cela est fort excitant et j'ai du mal à garder mon calme. Heureusement mon patron me prodigue de bonnes caresses, du sommet du crâne au bas du dos. Tout doux, tout doux mon Riri ! Il arrête sa bagnole en pleine campagne, m'attache à un arbuste et se dirige avec une cage vers un champ très vaste. « Le salaud » ! il s'en va sans moi, je m'agite dans tous les sens, saute comme un cabri, aboie, gueule, et tente de dégager mon cou de ce maudit collier au risque de me « péter » une vertèbre cervicale… Le Tony revient : « Oh le chien, doucement, t'énerve pas, je vais mettre la surprise en place, et dès que c'est prêt, je reviens te chercher OK ? » il me câline encore un peu, puis me commande : assis ! je me pose sur mon postérieur. Couché ! je prends la position du chien couché ! très bien et maintenant sois sage, ne bouge plus à tout de suite.

Oui Chef ! et je tiens parole !

Cinq minutes après, il est là. Il me garde un moment en laisse, puis me détache ; je pars comme une flèche, batifole, lève la patte à trois ou quatre reprises. « Le Chef » me laisse faire, puis dès qu'il sent que je me suis bien détendu, il me siffle : tut ! tut ! tut ! au pied ! Je connais bien cet exercice, nous l'avons répété plusieurs fois, pas de problème. Bien mon chien, allez cherche ! doucement… Les effluves sauvagins me montent à la truffe, hum ! pas de doute, il s'agit de cailles. Cherche, mon chien, cherche, tout doux. Oui ! oui ! Je suis bien sur la piste. Ça « hume » de plus en plus, attends ma petite caille, j'arrive, tu seras bientôt à moi, rien qu'à moi : Je te plumerai le bec, je te plumerai la taille,

Et le bec et la taille

Petite caille, petite caille…

Elle est rentrée dans ce champ, elle doit être dans les chaumes… Ah ! plus rien, plus de senteurs, le maître a dû me jouer un tour à sa façon, il a brouillé les pistes pour me mettre à l'épreuve… Attends mon p'tit vieux… moi… je suis jeune il est vrai, mais aux âmes bien nées… je fais marche arrière, je reviens à l'endroit où le fumet a disparu, museau au ras des pâquerettes, en fait se sont des bleuets, c'est bien connu, les bleuets d'azur, dans les grands blés mûrs, même s'ils sont coupés… je l'aurai !!! je vais la retrouver cette bestiole, c'est pas l'Amérique comme dirait Jo ! Dassin bien sûr ! Donc si le maître m'a monté une « entourloupe » pour faire disparaître toutes traces de sa surprise, il n'a pas pu partir sur la gauche, la haie est trop épaisse, ni sur la droite pas assez de place, il est allé forcément de l'avant. Si je pars dans cette même direction, je dois retrouver la piste… bravo Derrick ! revoilà les effluves « caillins ». Le pifomètre du Riou passe à l'orange, puis au vert, je suis sur la bonne piste, ça embaume, je touche au but… Oui la voilà et d'instinct, par atavisme, je pique un arrêt impeccable et je le tiens sans problème. Le petit œil de dame caille est très rond, exorbité par l'effroi. Oui, elle est effrayée la pauvre bête, elle ne sait plus ce qu'elle doit faire, elle perd le nord… Le maître avance à pas lent, il est aux anges, son chien-chien est à l'arrêt : coup d'essai, coup de maître !… la caille s'affole et en désespoir de cause prend son envol très près du sol. Je bondis, je la « choppe » au passage, mais je me retrouve tout bête la gueule farcie de plumes grises ! je m'élance et fonce sur ma proie… Riou non au pied ! Je n'entends rien, je n'ai qu'une chose en tête, attraper la mignonne, je gagne du terrain, ça y est, j'y suis : brusquement la pauvre bête pique du nez et s'écrase lamentablement comme un planeur qui aurait perdu une aile. Je lui bondis dessus, cette fois pas question qu'elle s'envole, je la tiens « pleine gueule » sans toutefois la serrer trop fort, mon hérédité de chien de chasse, de grande lignée s'exprime naturellement. Tony arrive en courant : Riou ! donne ! Ça va pas la tête ! je l'ai cherchée, je l'ai trouvée elle est à moi je la garde ! j'esquisse un mouvement de fuite pour conserver ma proie ;

une force mystérieuse la retient au sol et me l'arrache « du bec ». Je ne comprends pas ! je reste « tout bête ». La caille retrouve un peu ses esprits, elle n'est que blessée. Tony rigole de me voir si penaud : si la caille m'a échappé, c'est parce qu'elle avait un fil à la patte, un fil de nylon, un fil de pêche épais mais invisible, invention de mon ingénieux maître, pour m'apprendre le métier. Il m'explique ensuite que lorsqu'il dit au pied ! il faut obéir aveuglément, que je dois tenir l'arrêt jusqu'à ce qu'il me fasse signe de débusquer le gibier, que je ne dois pas lui courir après car je risque de ramasser les plombs qui lui sont destinés… et enfin, que lorsque le gibier est tombé, je dois le récupérer « délicatement » et lui rapporter.

Ah ben ça alors ! je ne suis pas d'accord :

Assis, couché, au pied, flairer le gibier, se mettre à l'arrêt, bien ! mais quand je chope l'animal, j'estime avoir le droit de m'amuser un peu, de le lécher, le mordiller, de le relâcher, puis de le reprendre pleine gueule, s'il fait mine de bouger… Et merde ! quand même ! on ne doit pas avoir que des devoirs nous les chiens d'arrêt.

LA BÉCASSE

Après l'épisode de la première caille, l'entraînement se poursuit avec les quatre autres, puis, les deux perdreaux. Je réussis à nouveau, plutôt bien l'arrêt, que je tiens assez longtemps. Je dois cependant avouer, que parfois mes nerfs lâchent et que je bourre le gibier trop tôt ou trop vite. Mon patron m'en fait le reproche, m'engueule, passez-moi l'expression sans jamais lever la main sur moi ! L'un dans l'autre je ne m'en tire pas trop mal, mes illustres ancêtres n'ont pas à rougir de moi. Par contre, je n'arrive toujours pas à admettre qu'une fois le gibier abattu, et récupéré par « moi-même », comme dirait mon frère « black », je ne puisse pas en jouir quelque temps et qu'il faille illico le remettre humblement entre les mains des pachas ! de tous « poils », chasseurs autoritaires et exigeants qui piquent des colères noires lorsque leur fidèle serviteur n'obéit pas au doigt et à l'œil, à la seconde même. Mon chasseur à moi fait la part des choses : je considère que malgré mon talent ! eh oui ! j'en ai, ne vous déplaise, je suis encore un gamin et qu'il est normal que j'ai envie de jouer avec les bestioles qui ont subi notre loi.

Oui, bon, je sais, les verts, les pas mûrs, les anti-nemrods, vont nous traiter de sans-cœur, de sanguinaires, d'assassins... mais je peux vous dire que le gibier, le vrai est beaucoup plus malin qu'ils ne pensent. Il gagne souvent la partie et nous ridiculise, oui, oui, comme on dit en Creuse : « c'est ben vrai ». Mon cher patron et moi, et nos autres amis chasseurs ne sommes pas des « viandards » et nous respectons scrupuleusement toutes les lois, règles et interdictions locales pratiquées par les fédérations. Vous voulez des exemples ? en voilà : dans notre bon terroir peyratois, en période d'ouverture, on peut chasser trois jours par semaine Le dimanche, on peut tirer toutes les bestioles pour lesquelles l'ouverture est proclamée. Le jeudi et le samedi le perdreau « est fermé ». Comme par hasard, le jeudi et le samedi on rencontre beaucoup de perdrix ! elles nous narguent, nous partent sous les pieds ! comme dirait Guy Bedos « les salopes » ! par contre, le dimanche elles sont aux abonnées absentes, « comme par hasard » deux fois... eh oui, mesdames et messieurs, la gente sauvagine a appris à lire les règlements de chasse. Les statistiques éducation nationale font état d'un pourcentage très important d'illettrés et d'analphabètes chez les humains, chez les animaux sauvages, c'est... l'inverse ! Vous n'allez pas me croire, et pourtant l'anecdote que je vais vous narrer est authentique ! La première fois que mon patron a pris son permis à Roquebrune (il n'avait pas encore « son bon et fidèle chien »), il est parti dans les collines, un peu et même beaucoup guidé, une fois de plus, par le hasard. Vers dix heures du matin, alors qu'il n'avait rencontré ni poil, ni plume ! il est tombé nez à nez avec un vieux chasseur local, qui promenait son fusil à pas très lents. Après l'avoir salué, très courtoisement, il lui demanda s'il y avait quelque gibier dans les environs. Avec beaucoup d'humour et un accent pays prononcé, le brave homme lui répondit en ces termes : oh ! y a quelques cochons, des faisans de tire, même qu'il faut leur lancer quelques cailloux pour les faire envoler.

Et les perdreaux ?

Ah des perdrix, y en a encore quelques-unes, mais vé, elles ont acheté des jumelles, elles nous voient venireee de loing !

Et des cailles ?

Des cailles ? oh mon pôvre ! elles ont pris des cuites mémorableees, dans les vignes du seigneur et sont toutes morteees alcooliqueees... Il reste aussi quelques bécasses, mais on devrait les rebaptiser parce qu'elles sont drôlement malignee es! Té, les bécassons, les couillons c'est plutôt les chasseurs, oh pôvres de nous « Sian pouli »… Je suis sûr que vous ne me croyez pas, moi Riou, qui vous raconte tout cela ? et pourtant ce ne sont pas des galéjades !

Té une autre histoire, véridique, vécue, vue, de mes yeux vue ! Nous chassions Tony, Jean Claude, Bob II et moi-même à Puy-la-Renaude. Je débusque un lièvre, presque aussi gros que moi. J'ai hésité à le bourrer tellement il était gros… Enfin j'ai fait mon devoir, je l'ai sorti du bois et en arrivant dans la clairière, le nigaud à foncé tout droit sur mon Tony. J'étais heureux ! mon maître allait tirer un joli coup de fusil. Immanquable le capucin ! Je m'arrête, je comprends que mon patron l'a vu et j'attends le coup de feu fatidique. Il faut vous dire, peut-être le savez-vous, que les lièvres ne voient pas de face, mais seulement sur les côtés ; pour un peu j'aurais fermé les yeux en me bouchant les oreilles… Pensez vous mon « couillon de maître » ne tire pas. À dix mètres l'animal voit enfin l'obstacle et exécute un magistral bond à droite… Il va le tirer, maintenant ? toujours rien ! le lièvre détale et file dans le sous-bois. Je me précipite vers « le chef », le traite de bon à rien, en langage de chien ! et l'engueule copieusement à grands coups de ouah ! ouha ! sonores.

Riou mon bon petit, le lièvre n'ouvre que dans 5 jours, je ne pouvais pas tirer…

Mais t'es « C.O.N. » ! une belle bête comme ça, à 5 jours prêts ! c'est moi qui l'ai débusquée ! Il n'entend pas ce que je lui dis en radio ouha ouha ! mais comprend le sens de mes aboiements… il me répond quand même : « je suis peut-être con, mais je tiens à rester droit et honnête » : « dur alex, Sed lex »

Bien ! je ne lis pas le latin dans le texte, mais je sais que ce n'est pas la peine d'insister… Si tous les nemrods étaient comme ça… la chasse pourrait retrouver ses lettres de noblesse. Mais je vous avais promis une histoire de bécasse, voilà, je vous la sers après cette dérive moralisatrice ; mais soyez en sûrs, tous les chasseurs ne sont pas des salopards, alcooliques, sans foi ni loi.

Donc nous voilà partis tous deux à la Mazère avec un objectif prioritaire, la bécasse ! Après deux heures de marche et de recherches infructueuses, mon pote le chasseur respectueux des lois et règlements, commence à traîner les pieds. Il en a plein le dos et jure comme un charretier. Je prends mes distances et continue ma mission pour mon propre compte. Je profite d'un petit bois marécageux, pour me rafraîchir les pattes et boire un coup. Hum ! c'est bien bon, ça vous ragaillardit. Soudain ma truffe à géométrie variable commence à s'agiter, pas de doute, il y a de la plume tapie quelque part. Je respire bien à fond, me décontracte au maximum, et commence mes recherches. Les effluves deviennent plus puissants, et donc identifiables, il s'agit d'une bécasse. Après un bon quart d'heure de quête très serrée, j'approche du but le museau au ras du sol. Stop. M'y voilà, un pas de plus et la demoiselle au long bec me faussait compagnie. Je m'aplatis et prends la position du chien d'arrêt la plus classique. Elle m'a vu, mais elle est paralysée, je « la fixe », si je reste totalement immobile, elle ne bougera pas. Il faut garder le statu quo jusqu'à ce qu'« il » arrive. Mais où « il est ? », que fait-il ce rigolot ? cinq minutes que je suis là ! je vais avoir des crampes dans les papattes !... et attends ! et attends ! Le voilà enfin, il arrive le monsieur, il est tombé sur un tapis de girolles d'où son retard... Enfin il me voit, et constate que je suis à l'arrêt. Il apprécie la beauté de la chose, me fait un beau sourire, un clin d'œil, il met l'index de la main gauche à la verticale, contre ses lèvres ce qui dans toutes les langues du monde signifie chut ! silence ! Comme si en de telles circonstances j'allais ameuter la foule ! ah ! je vous jure, les humains sont parfois complètement stupides. Il approche à pas lents, il a pris la position du chasseur prêt à faire feu. Je lui balance un coup « d'œil directionnel » pour lui faire comprendre que la bestiole va filer sur la gauche : il me fait signe qu'il est prêt : je bourre « la belle mordorée » : c'est par cette périphrase que les connaisseurs désignent la bécasse. La mignonne dégage à toute vitesse, elle a peur de rater son train ! pan ! pan ! mon Tony lâche ses deux coups : le volatile poursuit son chemin en laissant quelques plumes sur le terrain. Elle est blessée ! s'écrie mon bon maître, elle n'ira pas loin. Je lui lance un regard ironique. Il comprend que je me moque de lui et que je le traite de maladroit !!

Oui, oui d'accord tu me l'as offerte sur un plateau, elle aurait dû tomber raide, mais il fallait tirer très vite, ça démarre comme une flèche ces « ozios »-là ! allez ! on va la retrouver elle a viré par là. Ouais, c'est encore moi qui vais faire le boulot… Dix minutes après je suis sur sa piste, encore trente secondes et me revoila à l'arrêt. La scène se répète… pan ! un seul coup suffit, la bécasse tombe cette fois-ci sans rémission. Je la « cueille » en douceur, la ramène et la pose aux pieds de mon patron. C'est la première fois que je « rapporte » spontanément sans m'attarder à jouer avec notre victime. Mon patron est fou de joie, il pousse un youpi retentissant : mon Riri tu es formidable ; deux arrêts impeccables et pour la première fois tu me remets le gibier avec beaucoup de délicatesse ! bravo, t'es le meilleur ! Il a la larme à l'œil, le bougre ! je m'éloigne car j'ai moi aussi la pupille humide. Pas de sensiblerie et pour faire diversion, je vais lever la patte sur un buisson de bruyère limousinc.

Nous rentrons au bercail. Je vais demander à Madeleine de me préparer ma première « belle mordorée », elle fait ça divinement. Ouais et moi pauvre toutou, je ne pourrai même pas y goûter. « streng verboten, für jäger-hund » comme dirait mon pote le teckel allemand.

« Si mon bon chien, je te donnerai un petit bout de pain trempé dans la sauce, mais tout petit, le pain c'est mauvais pour ta ligne ».

Puisque vous avez été bien sages, que vous avez bien écouté ma petite histoire, je vais vous offrir cette succulente recette, même pas la peine de noter, lisez simplement.

La bécasse tuée, son goût peut différer selon le lieu ou elle va « véroter », il faut le savoir, c'est un oiseau encore très mystérieux qui est loin d'avoir livré tous ses secrets.

Laissez la bestiole faisander dans un endroit frais, une cave, si vous en avez une, à température constante (10 à 12 degrés), durant une petite semaine. Pour mémoire, une bête tuée le dimanche devra être dégustée le samedi suivant.

La bestiole doit être soigneusement plumée, mais ne la vider en aucun cas !

Bardez-la de lard et faites dorer, dans un poêlon en fonte, avec une cuillerée à café d'huile et un ou deux petits oignons.

Flambez au cognac.

Mouillez la cuisson avec un bouillon de légumes, salez et couvrez.

Laissez mijoter à feu doux pendant une petite heure.

Évitez d'ajouter d'autres épices ou assaisonnements qui pourraient dénaturer le goût de la belle mordorée.

Coupez l'animal en deux si possible. Il faut bien une demi-pièce par personne.

Déposez les morceaux sur les croûtons ou canapés grillés, sur lesquels vous aurez au préalable écrasé les boyaux libérés et sublimés par la cuisson.

Servez dans des assiettes chaudes en ajoutant la sauce qui aura mijoté jusqu'au dernier moment dans le poêlon.

Régalez-vous…

DIXIS

Dixis, c'est, enfin c'était, mon copain d'enfance, un Setter Irlandais roux comme les habitants de son île natale. Il était trois fois plus grand et plus gros que moi. Après mon sevrage j'ai quitté Lussat mon village natal, ma mère et mes six sœurs et je me suis retrouvé dans la maison familiale des Bouvier-Martina. Je n'aurai pas la prétention de vous dessiner l'arbre généalogique de cette honorable famille, mais il faut, pour une meilleure compréhension des choses, que je vous présente les différents acteurs de cette petite comédie, humaine et animale.

Dans cette aimable maison, située en pleine campagne et agrémentée d'un vaste jardin qui ravissait ma vue, mon odorat et mes autres sens, il y avait Roger le grand-père : ses mains ressemblaient à des battoirs, mais leurs caresses étaient douces et chaleureuses. Mon échine de jeune toutou, après les avoir craintes, pour leur forme et leur puissance, les recherchait pour le bien-être qu'elles lui procuraient. Elles savaient caresser sans irriter et gratouiller, sans chatouiller ! Le résultat était divin ! je sais de quoi je parle, puisqu'après un entretien serré avec le « saint Pierre des Toutous » je suis au paradis des ouah ouah !

Au début, j'avais d'autant plus peur de Roger que sa carte d'identité portait la mention suivante : profession : « tueur »… parce qu'il travaillait aux abattoirs en tant que tel, mais il était très très brave*. Martine sa femme était d'une gentillesse

**très brave : expression méditerranéenne qui signifie très gentil.*

extrême, elle me gâtait sans réserve, m'appelait son « p'tit Riou » et ne manquait jamais de me sélectionner les meilleurs restes et les parcelles les plus croustillantes de la peau jaune comme du maïs et grillées à souhait, qui habillaient ces poulets fermiers, élevés au grain dans une liberté maximale. Ils étaient deux fois plus gros et dix fois plus savoureux que leurs homologues citadins.

Roger et Martine avaient une fille Paulette qui avait choisi d'épouser un émigré italien, « Le Génio », plutôt qu'un enfant du pays au grand dam de la parenté locale, qui après un temps de doute et d'incertitude avait accepté et totalement intégré cette union « primo-dérangeante ».

Paulette et Génio, ou Eugène m'adoptèrent également avec beaucoup d'affection et de tendresse. Roger et Martine = Paulette. Paulette et Gégène = Henry. Henry Martina qui fit un jour la connaissance d'Olivier Beretti, fils d'Antoine du même nom, Corse d'origine et de Josette Chassaigne, native de Besançon, vieille ville espagnole. Henry et Olivier ? non ! non ! et non ! vous faites une monumentale erreur d'interprétation... Olivier avait une sœur, Irène qu'il présenta à Henry ! de ces étincelles Italiano-Corse naquirent deux feux follets. Lucas le blond, et Hugo le brun. Je les ai bien connus, ils me filaient bien quelques coups de pieds sous la table, essayaient de me tirer les oreilles, ou de me transformer en dada en grimpant sur mon dos, mais à l'époque j'étais vif et alerte, ils en étaient pour leurs frais... Il paraît qu'Irène et Henry viennent de mettre en route un N° 3 qui serait « une » : c'est saint Roch qui me l'a dit vous savez l'homme au « bubou » accompagné de son chien fidèle ?

Mais revenons à Dixis, le chien d'Irène et de Henry, élevé par les parents et grands-parents à Haute-Serre. Nous avons eu, lui et moi, une petite enfance heureuse. Comme j'étais plus jeune, plus petit, plus bébé que lui, quand j'étais en manque de chaleur maternelle, je me réfugiais dans son pelage roux, jouais en toute innocence avec sa queue ou ses oreilles et me lovais même carrément sur son échine comme en un canapé douillet. Bref, j'investissais ce brave Dixis, avec une grande désinvolture, situation qu'il acceptait avec une grande dose de patience et de philosophie…

Cette deuxième vie qui fut la mienne, dura jusqu'à mon 6e mois ! puis les grandes vacances amenèrent en pays creusois le flot encore modéré de vacanciers et c'est ainsi que je fis la connaissance de mes futurs patrons (je préfère le vocable parents), Antoine et Josette déjà cités. Je quittai donc Haute-Serre pour passer quelques jours avec eux dans leur petite maison peyratoise puis pour entreprendre un long voyage, du moins pour un petit chien comme moi. Pensez donc ! 700 km en voiture en une seule étape ! fort heureusement j'étais déjà un bon gros toutou (pas trop gros quand même), capable de contrôler ses sphincters et puis mes nouveaux « compagnons » étaient « vachement » sympas… mais revenons une nouvelle fois à mon pote Dixis : l'année suivante, je retourne en vacances en Creuse ; je suis bien installé dans mes nouvelles fonctions de chien : de garde ! comme seule arme le ouha-ouha, je donne l'alarme, (on fait ce qu'on peut avec ce qu'on a), de compagnie (là je fais beaucoup mieux), de chasse (alors là, je balance ! je fais très fort, je vous en reparlerai). Bref, je suis un quadrupède canin accompli, je sais même donner la main, (les mauvaises langues disent la patte), je peux également m'asseoir sur mon arrière-train (voyez comme je suis poli) et tenir cette position, bien d'équerre, tant que je veux. Bon d'accord, d'accord, je suis un peu cabot, mais sans excès et je dirais même, non mes chevilles n'enflent pas, avec une certaine élégance. On s'installe pour un bon mois de vacances, bien méritées, et samedi à midi, nous nous retrouvons tous à Haute-Serre : Irène, Henry, Roger, Martine, Eugène, Paulette, Josette, Tony, (mon cher patron, papa, ami, j'en passe et des meilleurs) Dixis et moi.

Je me fais une joie de revoir cette grande bête, mon copain d'enfance. Nous arrivons : à peine débarqués, ce ne sont qu'embrassades et tapes affectueuses, tout le monde me fait la fête. Les « mon p'tit Riou mignon » de Martine et Paulette me vont droit au cœur, les caresses, câlins et bonnes paroles de Roger, d'Eugène me mettent la larme à l'œil. Seul Dixis reste un peu en retrait de cette grande manifestation affectueuse, il est gauche, emprunté, timide, distant même. J'essaie de l'entraîner dans une folle farandole de zigzags, de courses effrénés, de sauts… ; et de coups de pattes imprévus !… il reste sur sa réserve, joue le vieux chien blasé et refuse le contact. À table ! appelle Ginette… on s'installe, je suis admis dans la salle à manger, Dixis reste dehors. « Y peu pas rentrer dit Eugène, il est ben trop gros ». Oui-gars ! renchérit Roger, y tient une sacrée place !… Tiens mon p'tit Riou, un peu d'jambonneau de chez Norre ! Je constate qu'il y a deux poids et deux mesures, je tente d'alerter l'honorable assistance, mais les conversations vont bon train, on me soigne bien, mais on ne m'écoute pas. Martine pense malgré tout à porter une bonne gamelle à Dixis. Après le repas, Irène propose une promenade digestive, nous voilà partis dans la campagne ensoleillée. Et Dixis ? oh, vaut mieux qu'il reste dans le jardin, il risque de se sauver ou de se bagarrer avec des chiens errants ! Oh les gars, j'aimerais bien que mon pote vienne aussi, on se régalerait tous les deux ! Cette fois encore, personne ne m'écoute, ou personne ne me comprend ! Nous voilà partis, je me gave de bonnes odeurs d'effluves enchanteurs, je prends la trace d'un lapin, je le débusque, lui fonce dessus, ça y est, je vais le choper, encore deux ou trois bonds… Voilà, j'y suis, je saute dessus, il vire à gauche, je rebondis dans sa direction, il plonge à droite : le p'tit salopard ! quand je balance dans le zig il file dans le zag et vice versa, raté, et reraté. Le dernier bond le propulse dans son terrier, il m'a eu le Jeannot, je gueule de rage, je gratte comme un « fada », je suis vexé comme un pou ! d'autant que toute la famille a assisté à la scène et se fout de moi, j'ai vraiment l'air d'un C...

Nous rentrons à la maison. Il y a des vaches et des chiens en liberté, Josette me met en laisse, par sécurité, elle passe devant avec Irène. Dixis est dans la courette de devant, les deux femmes rentrent sans se méfier, pas plus que moi d'ailleurs. Nous nous avançons vers ce compagnon d'enfance en toute innocence... Brusquement, il me tombe dessus et plante ses crocs dans la partie supérieure de mon cou. Il grogne, bave, semble enragé. Les deux femmes sont paniquées, elles ne pensent pas à retirer ou à lâcher tout simplement la laisse, je ne peux même pas me défendre, harponné au cou par une bête devenue féroce, et retenu par cette chaîne qui se voulait protectrice. Tony ! Tony ! au secours ! crient Josette et Irène. Il arrive au pas de course. Dixis - non non ! peine perdue, le molosse ne lâche pas prise, je n'arrive plus à compter les nombreuses étoiles qui tourbillonnent autour de ma pauvre tête. Mon patron, mon ami, mon maître, saisit alors Dixis par la peau du cou et en désespoir de cause lui balance une manchette façon « Bruce Lee », à la base du crâne. La réaction est immédiate. Mon ex compagnon de jeu, desserre son étreinte et reste un moment stupide, hébété, gueule ouverte. J'en profite pour reprendre mes esprits en jappant dans le langage qui est le mien : « vive le judo ».

Depuis ce jour-là Dixis et moi sommes devenus des frères ennemis et nos responsables respectifs ont admis une fois pour toutes qu'on ne pouvait plus se fréquenter.

L'ESCAPADE

Après ce long voyage de 672 km, me voilà à Roquebrune - Cap Martin - ? non sur Argens, dans le Var, mais vous avez raison de poser la question, une fois, comme dirait mon ami saint Hubert, chien d'origine Belge. Oui, car il y a eu de grandes confusions dans la distribution du courrier. Celui qui était destiné à nos concitoyens s'égarait souvent à Cap-Martin, tant et si bien qu'en 1920, le conseil municipal de notre village demanda aux autorités compétentes d'ajouter Sur Argens à notre « Roucas-Bruna » ce qui fut fait et évita beaucoup d'erreurs. Comment je sais ça moi, pauvre cabot breton, même pas varois ? Eh bien je l'ai entendu raconter avec mes grandes oreilles d'épagneul, par mon Tony qui s'intéresse beaucoup à l'histoire locale. Vous me croyez ? même s'il n'y a pas écrit La Poste, là, sur ma boîte à neurones ! bon alors ça va, je continue et reviens à nos moutons. Mon « berger » voulait m'habituer le plus vite possible à ma nouvelle vie, mais il craignait mes réactions intempestives et mes débordements de pré-adolescent. Il s'équipa d'une fidèle collaboratrice : la laisse - j'avais une sainte horreur de cet engin qui vous serre la gorge, vous coince la glotte et vous fait penser à ces instruments de tortures sortis tout droit d'un obscur moyen-âge. Tony décida un bel après-midi de me faire traverser le village pour aller jusqu'à la salle de billard dont il était responsable pour me présenter à ses copains. Entre lui et moi, il y avait évidemment cette affreuse chose. Je refusais d'abord énergiquement cet indigne carcan mais comme vous le savez, la raison du plus fort… Dans un deuxième temps, je me « culais »* fermement sur le trottoir, refusant d'utiliser mes papattes. Après avoir tenté la persuasion puis la dissuasion sur tous les tons, mon directeur de conscience utilisa la manière forte et me traîna sur une bonne dizaine de mètres, à grands coups de boutoirs… Chaque à-coup était un accroc à ma dignité, à l'intégrité de mes vertèbres et de mes cordes vocales. Quelle vie de chien ! bon an, mal an, nous descendîmes la côte de Sainte-Candie. De temps en temps mon bourreau malgré lui, s'arrêtait et me parlait tendrement. Allez petit Riou, fais pas le con ! si tu te fais secouer à chaque pas, tu vas avoir bobo… il faut avancer, allez viens mon chien, viens vite. Je faisais quelques pas, levais la patte au coin d'un mur, et me remettais en panne de moteur.

Après un bon quart d'heure de longs et pénibles efforts, (longs parce que ce quart d'heure dura une éternité !) nous atteignîmes la Grand-rue transformée en un véritable enfer, par le vacarme des moteurs, la puanteur des carburants et la file des véhicules bourdonnants et pétaradants, qui encombraient cette artère à grande circulation et menaçaient d'infarctus le cœur de la ville. Moi qui ne connaissais que le calme et les senteurs champêtres de ma Creuse natale, ne pouvais supporter, malgré le grand désir de faire plaisir à mon maître, l'intensité de cette pollution. J'étais nauséeux, au bord de l'asphyxie. Tony insistait toujours avec la ferme volonté d'aller jusqu'au bout de l'expérience. Pour lui pas question de céder, même si l'épreuve qu'il m'infligeait lui faisait aussi mal qu'à moi-même. Nous étions presque arrivés, mais mon exaspération était à son comble. À la faveur d'un ralentissement, j'amorçai un nouveau blocage radical, secouai la tête dans tous les sens au risque de me rompre le cou et dans un dernier sursaut libérateur, me débarrassai de mes « chaînes ».

---

culais : en code chien : s'asseoir sur son séant, à l'imparfait dans le texte.

Avant que mon mentor ait eu le temps de dire ouf j'étais déjà à dix mètres et détalais à toute vitesse sans but ni raison, empruntant aussi bien les trottoirs que la route, au risque de me voir transformé en chair à pâté. Mon pauvre Tony était atterré, Riou ! Riou ! arrête, stop, reviens ! Le voilà parti à ma poursuite oubliant lui aussi toute prudence, devenant à son tour la proie de tous ces monstrueux engins à explosion, prend les passants à témoin : il est devenu « fada » arrêtez-le, arrêtez-le !...

En quittant la route pour reprendre le trottoir, une voiture me heurte très légèrement et me propulse dans les pattes, enfin dans les jambes d'un brave pépé, qui chancelle, reprend son équilibre et me saisit à bras le corps. Tony arrive, trois secondes plus tard. J'ai bien cru qu'il allait y passer, s'écrie le brave homme, il ne savait plus où il allait ! complètement paniqué le p'tit toutou. Mon protecteur me saisit à pleins bras, tâte mon arrière train et oscule ma colonne vertébrale. Ouf, j'ai bien cru que c'était fini. Je viens à peine de l'avoir, dit-il encore au papy : merci beaucoup monsieur, je l'ai récupéré grâce à vous... en plus il a failli vous mettre par terre. Merci infiniment !

Ah c'est sûr qu'il l'a échappée belle, il faut le corriger, pour ne plus qu'il recommence.

Ah non ! je suis trop content de l'avoir récupéré, si je l'avais perdu, à peine trouvé, depuis le temps que je le voulais, jamais je ne me le serais pardonné.

Remettez-vous mon gars, c'est fini, il n'a rien, tout va bien.

Merci encore monsieur et bonne journée.

Mon maître me porte dans ses bras, jusqu'à la montée de Santa-Candia. Je sens son cœur battre la chamade après ces fortes émotions. Lui aussi doit entendre le mien, c'est comme une communion, ça nous rapproche.

Au bas de la côte, loin du vacarme de la grand-rue, il me pose à terre, me fait des câlins, me parle tendrement. « Mon petit Ri » faut plus jamais me faire des coups pareils, tu vas me rendre cardiaque ! Il faut que tu apprennes à supporter la laisse, il faut t'y faire, c'est pour ton bien ! moi je suis obligé de mettre une cravate de temps en temps, c'est la vie. Bon allez ! on essaye, une nouvelle fois, juste pour monter la côte.

Il est tellement gentil que je fais un effort, vue sous l'angle affectif, l'épreuve est supportable. Nous montons vers la maison. De bonnes senteurs, quelques pissettes bien orchestrées, l'œil ému et la voix douce de mon maître, bon ça y est, je crois que j'ai vaincu le traumatisme du collier, le syndrome du chien en laisse : entre Antoine, Tony pour les intimes et moi, c'est à la vie et à la mort !

PIQUE-NIQUE À QUINSON

C'était un dimanche ensoleillé du mois de Juin. Le groupe « caminaïre »* était au grand complet. Il y avait François, le « bel espagnol » notre infaillible guide, la grande Colette, du haut de son mètre quatre vingt, la petite du même nom qui fait trente centimètre de moins que la première, et fait trente trois pas quand l'autre en fait un, Jacqueline qui a elle toute seule, parle autant que tout le groupe réuni, la « comtesse » habillée comme à son habitude avec beaucoup de goût et de recherche, ma Josette qui ne pense à rien quand elle marche et a trop de choses lorsqu'elle est « à l'arrêt » (moi c'est plutôt l'inverse), Yvette, « le médecin » scolaire en retraite déguisée en petit stroumpf bleu, bref, les figures les plus marquantes de ce dynamique groupe de marcheurs, étaient là. Les mollets et les langues allaient bon train ce qui constituait pour tout ce petit monde une excellente thérapie, susceptible de libérer le corps et l'esprit.

Vers midi, nous voilà sur les bords du lac de Quinson et sac au dos, nous cherchons un site adéquat, pour sacrifier au rite réparateur du pique-nique. Bien que je ne sois qu'un chien de taille moyenne, j'ai une faim de loup, je n'ai pas arrêté de gambader « dans le laurier, le thym et le serpolet... », depuis neuf heures du mat. J'ai hâte de me mettre à table et je sais que mes « patrons » qui par la force des choses sont également mes domestiques ! Eh oui ! c'est comme ça,

---

**caminaïre : randonneurs en provençal, s'écrit sans S, même au pluriel.*

c'est eux qui préparent mon « frichti », qui le portent, qui me le servent... notez bien que je fais malgré tout l'essentiel... c'est moi qui le mange... Bien, donc nous déambulons le long des rives fleuries du lac déjà occupées par de nombreux touristes qui déballent leur casse-croûte. Soudain, en passant près d'un groupe, un toutou à sa mémère qui ressemble davantage à un manchon de poils noirs qu'à un véritable canidé, déboule de son panier d'osier et se lance à ma poursuite en aboyant furieusement... c'est un chien de race au pluriel, compromis douteux entre chow-chow caniche, et trois ou quatre autres espèces canines. La pauvre bête n'a pas été gâtée, lorsque les bonnes (sans doute pas si bonnes que ça) fées se sont penchées sur son berceau. Lors de la distribution des gênes, il devait être au fond de la classe, ou alors carrément en retard. Oui, c'est cela, il a dû arriver à la fin de la vente aux enchères, il ne restait plus que des « ravants »*, ce n'était pas de sa faute, il n'y avait plus de choix, c'était ça ou le néant...

Alors que sa bobonne lance des Boby, sur-aigus, l'animal me fonce dessus. Comme on ne distingue ni queue ni tête sous cette touffe de poils anarchiques, je me demande s'il avance ou s'il recule ? Ca doit être la marche avant car il accélère « à fond la caisse ». Je m'immobilise, pattes avants allongées, tête au ras du sol, arrière train relevé. Je le laisse approcher au maximum et au dernier moment, je simule un départ sur la droite, instantanément compensé par une pirouette à gauche. Le pauvre poilu brasse de l'air, freine des quatre pattes, dérape sur les cailloux de la rive et glisse sur l'herbe tendre. À la faveur de ces mouvements acrobatiques et indépendants de sa volonté, j'aperçois deux boutons de guêtres noirs, ses yeux sans doute et une mâchoire inférieure, garnie de dents asymétriques et mal alignées qui remontent

---

**ravants : matériaux de mauvaise qualité.*

jusqu'à sa truffe… Il était donc bien en marche avant, la scène est si cocasse, que je ne peux m'empêcher de rire aux éclats. François, Josette et Antoine qui se marrent également ; alors que la mémère à son trésor gueule toujours boby, boby, d'une voie de tête irritante. Mais le chien-chien, tuyau de poêle utilisable dans les deux sens furieux de nos cascades rigolardes, repart à l'attaque : je l'attends de pied ferme, toujours dans la même position. Il retrousse les babines, dévoile ses vilaines quenottes et fonce sur moi comme un mini bolide téléguidé… Je renouvelle ma tactique première et au dernier moment, me réfugie dans le zig et laisse ce zigoto se fourvoyer dans le zag. Il ramasse une nouvelle pelle, plus accélérée que la première et pique du museau dans le sable. La scène est de plus en plus drôle. Les hôtes d'un jour de Quinson, mobilisent leur attention sur ce nouveau spectacle et rigolent à nouveau alors que Boby crache son dépit avec les grains de silice qu'il a dans la gueule et que « sa patronne » pousse des cris stridents. Boby a de la suite dans les idées, il veut absolument prendre sa revanche. Il se prend pour un taurillon, gratte le sol de la patte, pousse des grognements féroces et repart à l'attaque. Je décide de lui faire cracher un peu ses poumons. Je démarre à fond de train, il est vite distancé ! je ralentis pour lui permettre de recoller au peloton et réaccélère dès qu'il se rapproche. Je l'entraîne ainsi vers un coin de plage ou un ancien tombereau, bleu lavande, coule une paisible retraite nonchalamment appuyé sur son timon, perpendiculairement aux flots verts du lac. Je me dirige vers ce vénérable et rustique véhicule, laisse le roquet se rapprocher et redémarre « plein gaz » lorsqu'il croit enfin m'atteindre. Je ralentis encore, il revient le bougre, il est sur mes talons : je cours en direction du timon et au dernier moment, je saute par-dessus l'obstacle. J'entends le olé ! de la foule en délire, et tout de suite après, un bruit sourd. Le corniaud, emporté par son élan, a foncé la tête la première sur l'obstacle. Il est échec et mat, au grand dam de la brave dame ! Le chien-chien reste les pattes en croix, assommé par le choc. Le scénario est tellement burlesque qu'un fou rire communicatif secoue les spectateurs de cette corrida improvisée. Assis sur mon derrière, à la mode canine, je contemple le tableau en inclinant la tête à droite puis à gauche, comme font les jeunes chiens pour mieux appréhender une situation nouvelle. La pauvre « mamy nova » ramasse son petit prodige et écrase une larme « oh mon pauvre petit chéri, tu es assommé, et tu t'es cassé deux dents, mon dieu, mon dieu, quel malheur… » et elle le ramène vers son campement, en bécotant ses poils rugueux, sans un regard et sans un mot pour l'autre acteur du spectacle et les cruels éclats de rire des pique-niqueurs au bord du lac qui vont dîner de bon appétit.

BABETTE

Je suis douillettement installé dans mon panier en osier situé sur un petit palier qui domine la salle de séjour et sert de tremplin à l'escalier de bois qui conduit aux chambres. C'est une position stratégique intéressante et confortable. J'ai une vue d'ensemble sur le rez-de-chaussée. Je vois sans être vu, c'est mon perchoir et lorsqu'il y a du monde dans cette pièce centrale et qu'on y parle politique, je peux, avec un peu d'imagination, me prendre pour un certain Fabius, avec des cheveux devant derrière et dessus. Aujourd'hui l'assemblée est plutôt calme et réduite ; Josette peaufine sa technique du scrabble en solo et Tony lit une revue d'archéologie. Il a attrapé « le virus » en participant à des fouilles avec un certain Docteur Landréat, surnommé Landru, par l'amie Maria qui a le don et l'habitude de rebaptiser ses copains, amis et connaissances. J'allais moi aussi fouiller avec mon patron et « Landru » « m'engueulait » souvent, parce que je creusais des pattes et du museau, là où il ne fallait pas ; mais Tony me défendait en disant en matière de plaisanterie « Te laisse pas faire mon Riou, toi aussi tu as le droit de creuser ton trou ».

Mais revenons à nos moutons : la maison est silencieuse, la campagne calme, à quelques meuglements de vaches près. Je sommeille, d'un œil, parfois des deux, mais j'ai malgré tout au moins une oreille et la truffe en éveil. Cette dernière s'agite lentement de droite à gauche, de haut en bas. Alerté par ses mouvements sensitivo-instinctifs, mes yeux font surface et mes oreilles prennent leur position « haute fréquence ».

Des effluves du type « Chanel 5 - Canidé » enrichis par des senteurs champêtres, naturelles et excitantes, mettent mes sens en émoi. Brusquement une apparition sublime se dessine dans l'encadrement de la porte. Elle a une belle robe noire, avec des tâches blanches. Son poil est lisse et luisant, ses formes somptueuses et ses yeux ! : noisettes, immenses, lumineux, cerclés d'un écrin noir, rimel indestructible, inimitable, cils interminables mais vrais ! Quelle belle bête ! elle explore prudemment l'entrée du logis, puis rassurée, pénètre dans le séjour, avec une démarche naturelle, souple et chaloupée qui me paralyse littéralement. Elle s'avance, salue mes « patrons » avec beaucoup de grâce, puis s'enhardit et déguste dans un craquement délicieux des croquettes orphelines, oubliées au fond de mon écuelle. Elle lape ensuite à petits coups le contenu de mon bol de lait ce qui me permet d'apprécier la douceur de ses lèvres, la blancheur de ses dents et la fraîcheur exquise de sa petite langue rose. Subjugué, je m'approche d'elle et dans un élan instinctif, je lèche avec délice ses babines douces et veloutées. Elle accepte cet hommage avec simplicité, remercie à la manière qui est la nôtre, les hôtes de cette accueillante maison et prend congé en m'invitant tendrement à une promenade sentimentale.

« Riou sois sage et ne t'éloigne pas trop » précise Josette en me voyant sortir. J'évite de répondre, car je suis bien décidé à suivre ma nouvelle compagne jusqu'au bout du monde et à faire avec elle toutes les folies qu'elle voudra bien partager avec moi. Je suis amoureux et j'ai l'impression qu'elle est également « mordue » !

Nous cheminons côte à côte, sans parler, sur environ un Kilomètre. En fait, je la suis de très près. Elle connaît mieux le pays que moi et m'entraîne sur la route de Saint-Marc. Le village s'éloigne, nous sommes seuls et nous cédons à cet attrait mutuel qui monte irrésistiblement en nous. Entre deux bisous-chiens elle me révèle son prénom. Babette, chienne de

« l'instit » du village. Elle est chasseuse, moi aussi. Elle adore la campagne tout comme moi, elle apprécie la solitude mais entretient de bonnes relations avec ses alter égaux moi itou, bref nous nous trouvons beaucoup de points communs et nos atomes de sympathie sont de plus en plus crochus ! Ils tissent un nid ténu et douillet qui nous enveloppe tous les deux dans une même chaleur. Nous échangeons, sous cette chape de bonheur, de nouveaux « léchoux », de nouveaux câlins. Babette reprend un peu ses distances et me demande : ! Ton père c'était bien le Bob du Jean-Claude ?

- « Oui »,

- « Et ta mère elle était d'où ? »

- « De Lussat chez Mollat ».

- « Mais alors tu as un pedigree » ?

- « Eh oui, je suis Épagneul Breton pur race ! pur beurre avec deux r, ça te gêne » ?

- « Euh ! non, mais moi, je... enfin je ne suis qu'une « roturière »... toi qui est de la race des seigneurs, de haute et pure lignée, tu ne peux pas t'intéresser à une bâtarde comme moi ».

- « Oh Babette, ma belle petite bête, on n'est plus au Moyen-Âge, tu as entendu parler de la révolution ? Pour moi tu es belle comme une princesse, point final, même si tes origines sont obscures et plurielles ».

- « Oui, mais dans un mois, un mois et demi, tu vas repartir avec tes patrons. Tu vas me laisser toute seule ».

- « Ah ça ! c'est sûr je leur appartiens autant qu'ils m'appartiennent, ça fait partie de notre condition, que l'on soit pure race ou non, je n'y peux rien ma toute belle... »

- « Oui bien sûr, c'est bien vrai, mais je viens à peine de te trouver et déjà il faut penser à la séparation, c'est triste, non ?... »

- « Oui, oui ! mais enfin, il ne faut pas calquer notre vie sur l'existence des humains, elle est plus courte que la leur, orchestrée par des considérations instinctuelles. Laisse les hommes compliquer « bêtement » leurs relations, mais je t'en prie, simplifie les nôtres ».

- « Ah ! tu vois, tu as dit bêtement... comme des bêtes ».

- « Bêtes au sens d'idiots c'est très différent d'animal » !

- « Oui mon Riou chéri, tu as raison, embrasse moi ».

Je ne me fais pas prier et recommence dix fois plutôt qu'une. Nous voilà irrésistiblement attirés l'un vers l'autre. Il est encore très tôt dans l'après-midi et nous folâtrons au gré de notre fantaisie, heureux d'être si bien l'un par l'autre. ma compagne pique un petit sprint et me coule un regard à la fois très doux et quelque peu moqueur.

Tu ne m'attraperas pas dit-elle dans un aboiement joyeux. Je me pique au jeu et fonce derrière elle à fond de train. Elle est vive et rapide, mais je suis très vite sur ses talons. Je ralentis l'allure, pour ne pas « la fâcher » comme l'on dit en pays creusois, puis j'accélère à nouveau pour arriver à sa hauteur et réclamer mon contingent de câlins.

En arrivant au pont de Saint-Marc elle propose un bon bain. L'eau est claire et bien chaude, nous nageons côte à côte, nos flancs se frôlent et les frissons qui parcourent notre échine ne sont pas imputables à la fraîcheur de l'onde.

En sortant de l'eau, Babette me fait signe de « faire silence ». Je m'immobilise, elle prend son attitude de « diane chasseresse » et s'approche de la berge avec d'infinies précautions... Elle se détend brusquement, plonge le museau dans « la flotte » et projette hors du ruisseau une bestiole carapacée d'une dizaine de centimètres. Elle retombe dans l'herbe en agitant frénétiquement une queue plus longue que son buste.

- « Ouais ! je l'ai eue » s'exclame-t-elle joyeusement

- « Qu'est-ce que c'est ? dis-je après l'avoir félicité pour son adresse, avec forces caresses prodiguées avec mes pattes, mes oreilles, mon museau et ma langue.

- « Une écrevisse, mon petit citadin qui ne connaît rien. »

Je m'approche de la bestiole qui agite dangereusement deux énormes pinces.

- « Attention mon Riou mignon, ça pince, mais sous la carapace il y a une chair délicieuse et qui ne sent pas le poisson » !

Je lance de furieux coups de pattes qui atteignent ce pauvre crustacé et lui cassent une pince.

- « Attends, je m'occupe de l'autre » dit Babette... et crac, d'un coup de dent précis et rapide elle arrache la deuxième « tenaille » ! À table mon petit chéri !

Nous dégustons notre prise ; la carapace craque agréablement sous nos mandibules et nous nous régalons de cette chair blanche et délicieuse, contenue dans la queue de la bestiole.

- Attention me dit encore Babette, dans « la cuirasse » il y a une partie amère, lèche l'intérieur mais pas jusqu'au fond...

Après cet épisode aquatique et gastronomique, je veux prouver à ma compagne qui se frotte de plus en plus langoureusement contre moi que je suis capable, moi aussi, de trouver quelque chose à nous mettre sous la dent. Malheureusement à cette heure de la journée le gibier est plutôt rare. Faute de grives et même de merles, je me rabats sur les lézards. : tu vas voir ma mignonne petite creusoise, c'est très bon, ça aussi. Je m'approche d'un chaos granitique, propulse ma « truffe » dans une fente, formée par deux grosses pierres et souffle vigoureusement des deux « naseaux ». Le bruit émis par cet exercice expiratoire fait rire ma petite chérie et dérange un gros lézard gris qui détale. Vif comme l'éclaire ; (eh oui, excusez du peu, je ne veux pas perdre la face devant ma dulcinée). Je plante mes griffes acérées dans l'échine dorsale du pauvre reptile qui ne pourra plus lézarder au soleil de l'été.

- « Bravo mon Riou ! t'es vachement habile, quelle vivacité » !

- « Meuh ! tiens goûte ! »
- « Non, toi d'abord. »
- « Tu n'as pas confiance, c'est très bon, même la queue »
- « Hum, tu as raison, délicieux... »

Le brave saurien disparaît vitre faite, bien fait, nous nous octroyons encore une petite salade champêtre, de la bonne herbe, bien fraîche, plus quelques feuilles de chiendent, pour la digestion.

Nous nous étendons ensuite dans un petit coin ombragé, bien serrés l'un contre l'autre, pour permettre à nos corps de faire plus ample connaissance. Je sens ma compagne de plus en plus détendue, une douce chaleur émane de tout son être, son parfum capiteux met tous mes sens en émoi, et malgré mon manque d'expérience, en fait je n'en ai aucune, je me sens prêt à jouer pleinement mon rôle de mâle. Je le fais savoir à ma belle amie qui me fait comprendre, avec beaucoup de tendresse et de conviction, qu'elle est prête à se donner à moi, qu'elle est aussi impatiente que moi, mais qu'il nous faut encore un peu de patience ; pas ici, me dit-elle à l'oreille, viens, suis moi...

Elle m'entraîne vers un petit cabanon à la lisière de la forêt... Voilà, ici personne ne nous dérangera, nous pouvons nous donner totalement l'un à l'autre, viens mon Riou bien aimé, prends-moi, viens vite...

Au petit matin, je suis rentré « at home », Josette m'a attrapé. D'où tu sors, vagabond : ah ! tu as bonne mine, Roméo ! noctambule ! Tony lui a dit simplement : allez mon Riou ! va reprendre des forces, le repas de monsieur est avancé...

Comme prévu, je dus repartir à la fin du mois avec Josette et Tony à sept cents kilomètres du lieu de mes premiers amours, pour ne revenir que six ou huit mois plus tard. Ce même scénario se reproduisait chaque année et chaque année, Babette se pointait devant notre porte, cinq à dix minutes après notre arrivée. Elle habitait à l'autre bout du village et ne connaissait ni le jour ni l'heure de notre arrivée et pour cause ! Comment cette divine petite chienne arrivait-elle à deviner à quelques minutes près, que son compagnon venait de débarquer? instinct infaillible? alchimie animale? miracle de l'amour? moi pauvre petit chien, je n'en savais strictement rien, mais j'appréciais énormément... Chaque année, ce miracle renouvelé nous réunissait et portait son contingent de bonheur et de fruits qui à leur tour produisaient de nouvelles graines et de nouvelles moissons... J'ai même appris, car de là-haut je vois, que le jour où mon Tony m'a enterré dans le grand pré de la petite maison, Babette était là, avertie par son sixième sens et sa fidélité, pour assister à mes obsèques, en pleurant et en gémissant, mais avec beaucoup de dignité.

BALADE DANS LE ROCHER

Mercredi neuf heures : l'équipe « caminaïre » au grand complet, soit trente humains et quatre canins est prête à partir pour sa balade quotidienne, destination du jour : « Le Rocher ». Mes compagnons de race sont bibiche, un petit caniche tout blanc, monté sur ressorts qui fait en taille et en poids le dixième de moi-même, Cacou, un grand Labrador Golden à l'œil bleu et Banqui mon fidèle copain le petit chien de Class et Gina. C'est un basset allemand, tout noir, à poils longs, un vrai pot de colle. Il ne me décramponne pas. Dès que j'ai démarré, il se lance à mes trousses, il veut faire mumuse, sauter et gambader comme un cabri. J'ai d'autres chats à fouetter, enfin façon de parler, car ce qui me motive, se sont les senteurs des messugues, de la garrigue et des différentes petites bêtes qu'on y rencontre. Eh oui ! l'instinct de chasse toujours lui. Je pique un sprint effréné ! Banqui ne tient pas la distance et décroche ; les autres toutous vaquent également à leurs occupations, je suis seul devant, personne pour me brouiller les pistes, j'ai la primeur, de tout ce que dame nature peut offrir à mon flaire de fin limier. Hum ! Quel délice, si seulement Tony pouvait se porter en tête du peloton… au lieu de papoter à droite et à gauche avec les copains et les copines. Je fais demi tour, reviens vers lui pour l'inciter à se porter à l'avant. banqui en profite pour me bondir dessus. Je le laisse faire un peu, rentre un moment dans son jeu, puis lui file un p'tit coup de patte et un petit coup de gueule qui signifient : oublie-moi un peu ; il reçoit le message 5/5 et me lâche les baskets jusqu'à la prochaine fois. Je suis son aîné, son grand frère, je lui ai appris à devenir un homme, enfin je veux dire un chien adulte. Quand je l'ai pris en main, il pissait encore accroupi comme une femelle, il faut dire à sa décharge qu'il est élevé par deux femmes, ceci explique cela. Je lui ai donc appris à lever la patte et oui mesdames et messieurs, ce n'est pas toujours évident, nous procédons souvent, nous aussi, par imitation… Banqui me fiche la paix et mon patron accède à mon désir, il démarre au pas de course. Nous doublons le peloton, poursuivons notre footing trois cents mètres au-delà du groupe et ralentissons pour profiter en solo d'un délicieux sentier, vierge de toute présence humaine depuis au moins seize heures. Ça snif ! bien bon mon petit maître, c'est du perdreau, j'en ferais bien un pâté ! effectivement, je le sens, je l'approche à bonne portée, je me mets à l'arrêt, je le vois et l'hypnotise ! Tony a compris, il me fait signe de débusquer l'animal. Je m'exécute : « la perdrigao » prend son envol rapide et froufroutant. Je jette un regard de reproche à mon nemrod préféré ! Riou ! je veux bien que tu t'entraînes un peu mais nous ne sommes pas en période de chasse ! le gibier a droit au repos, il doit se reproduire, il faut lui foutre la paix. OK ? OK ? je me rattraperai avec les lézards.

- Non ! ça te gâte le flaire !

- Mais non, mon bon maître, de ce côté là rien à craindre grâce à ton très efficace dressage…

- Riou, tu sais bien que je n'aime pas ce terme.

- d'accord ; apprentissage, ça te va ?

- C'est mieux !

- Eh bien grâce à ça, je n'oublierai jamais l'odeur du vrai gibier que je préférerai toujours aux amuse-gueules, tels que lézards, campagnols, rats, souris ou autres mulots.

Le groupe caminaïre revient sur nous : on entend d'abord une rumeur confuse, un pot pourri de graves d'aigus. Un dialecte incompréhensible, composé de phonèmes connus monte dans les airs, puis les têtes apparaissent et comme par miracle les sons reprennent toute leur valeur. Qu'est-ce qu'il a levé ton chien ? une perdrix ! on entend et on comprend.

Vous devez vous demander chers lecteurs comment un bon petit chien, même de noble race et d'intelligence bien au-dessus de la moyenne, comme moi peut faire de telles analyses ? Vous oubliez simplement que j'ai déjà fait un petit tour du côté de saint Pierre et que la théorie de la métempsycose n'est pas dénuée de tous fondements.

Nous reprenons notre promenade pour arriver au domaine de l'Ermite, le Frère Antoine. Le site vaut la peine d'être vu ; il est magnifique avec cette série de grottes, aménagées avec beaucoup de goût et d'ingéniosité et cet amas de roches rouge-brun qui domine la vallée de l'Argens et permet une vue circulaire sur les Maures, l'Estérel et les Alpes de Haute-Provence.

Assis sur sa petite terrasse, harmonieuse et rustique, le Frère Antoine pouvait voir et entendre, en direction de l'est, les rumeurs et les mouvements des fourmis de la civilisation et découvrir à l'ouest le charme et les splendeurs d'une nature silencieuse et sauvage. Malheureusement au pied de ce castrum naturel, d'Arkose* permienne l'Ermite de service avait collé sur une table de presse bien ronde et bien plate une phrase assassine qui me vexa profondément.

« Les chiens civilisés à l'haleine puante font fuir les écureuils à la crotte odorante. »

... Drôle d'apôtre, ce solitaire qui avait une haine tenace pour les représentants de la race canine... Interdiction absolue d'approcher de son domaine !... Profitant d'un moment d'inattention, pendant lequel il discutait pas toujours très aimablement avec le groupe, je pissai longuement sur la troisième marche de son arkosique escalier !

Nous voilà sur le chemin du retour avec sept kilomètres dans les jambes pour les marcheurs et au moins vingt-huit

---

**Arkose : roche sédimentaire, faite de grès solidifié et d'inclusions de granites et autres pierres incluses dans cette pâte.*

pour moi. Avec mes nombreuses allées et venues vers mon patron, ou ma patronne, les bipèdes qui nous accompagnaient avaient coutume de dire : « oh pour Riou il faut multiplier les kilomètres par quatre. »

Banqui n'en peut plus, il est HS*. Class sort sa gamelle et lui sert un petit coup d'eau. Malgré ce rafraîchissement servi avec tendresse, le basset germanique traîne en queue de peloton et freine des quatre pattes.

Je me débarrasse des autres ouha, ouha et batifole devant l'avant-garde. Soudain, du beau milieu du sentier, je vois une étrange bestiole s'agiter dans tous les sens pour tenter de traverser le chemin.

Une vipère s'écrie Jeanine !

Non ! y a pas de vipère ici, c'est forcément une couleuvre, dit Josette.

D'autant qu'elle est trop longue pour être une vipère ajoute René... Je ne me pose pas tant de question, fonce sur la bête, la saisis par la queue et la secoue vigoureusement de droite à gauche.

Riou lâche-la, ordonne le maître. Le temps que je m'exécute à contrecœur, je dois le reconnaître, la vilaine bête, expulse un reptile tout vert qu'elle venait à peine d'avaler et dont la tête était encore au niveau de ses lèvres.

Un limber s'écrie François, à ben ça alors ! il mesure pas loin de dix centimètres.

La couleuvre, débarrassée de son encombrant « casse-croûte » reprend ses esprits, ondule lentement, puis glisse de plus en plus vite pour disparaître dans le maquis.

Le limber est plus long à réagir : prisonnier dans le garde-manger de dame couleuvre, il était déjà en état de pré-digestion, mais elle ne l'avait pas encore totalement « cuqué »**,

---

**HS : Hors Service.*
***Cuqué : terme provençal, dans le contexte évoqué : signifie tué.*

ravi de l'aubaine, après avoir trouvé la situation plutôt amère et le logis exigu il réoxygène ses poumons, fit quelques pas mal assurés puis reprit une progression normale et disparu à son tour dans la nature en oubliant de récupérer le bout de sa queue que la bête diabolique lui avait sectionnée.

« L'APÉRO »

Mes patrons faisaient activement partie de plusieurs associations, Loi de 1901 et recevaient, de temps en temps, des connaissances ou amis pour un dîner, un souper ou simplement un apéritif. J'adorais ce genre d'événement avec un petit plus pour « l'apéro ». C'était pour moi une occasion de voir du monde, d'être comblé de caresses, de compliments et de petits « amuse-gueules » qui fondaient sous la langue. Ce mot m'amusait beaucoup et si j'avais pu parler à l'époque, j'aurais aimé dire, pour rigoler, « toi monsieur l'humain tu n'as pas de gueule, ces bons petits gâteaux sont pour ma pomme ! ». Mes maîtres ne l'entendaient pas de cette oreille, et après m'avoir présenté à l'honorable société devant laquelle je devais faire mes preuves de « chien du monde », ils m'invitaient à me retirer dans mes appartements et à ne plus encombrer le salon, où ces braves gens buvaient, grignotaient et parlaient haut et fort. Après avoir fait le beau et pris très délicatement un petit contingent de friandises, « cuté »* sur mon séant, patte droite en avant, j'obtempérais non sans une résistance héroïque. Pour m'obliger à quitter les lieux, mes valeureux responsables avaient une méthode infaillible : ils prenaient l'air sévère et prononçaient fermement ces mots magiques « Riou, je vais te chercher les tiques » j'avais une véritable phobie, pour ces acariens géants qui s'incrustaient dans votre peau, et tels des vampires vous suçaient le sang,

**cuté : assis sur mon derrière.*

jusqu'à l'indigestion. Grises et ovales comme des petites fèves cuites, elles se décrochaient ivres d'hémoglobine et de plasma, et éclataient souvent en constellations rougeoyantes sous la semelle hasardeuse d'un maladroit bipède. Mais avant d'exploser, ou de digérer, le prélèvement de leur première proie pour rejouer les percepteurs sur d'autres contribuables, elles peuvent, et c'est fréquent, transmettre la fièvre des ixodes ou piroplasmose, par l'intermédiaire de parasites microscopiques, injectés à l'animal qui les accueille bien malgré lui. Pour éviter que cette épée de Damoclès ne blesse leur chien préféré (et unique) Tony et Josette « m'épluchaient » copieusement après chaque sortie champêtre.

Ils commençaient par les bestioles « courantes », celles qui n'avaient pas encore choisi leur restaurant pour un plantureux repas. Au printemps ces petites bestioles qui voulaient se mettre à table se comptaient par dizaines. Mes éplucheurs de service les noyaient dans le lavabo de la cuisine, ou les « cramaient » dans un cendrier en pierre réfractaire, qui aurait pu faire sourire Monsieur Le Pen. Ils s'attaquaient ensuite à celles qui en étaient aux hors d'œuvres : une goutte d'huile d'olive et plus tard grâce au progrès des techniques, un petit coup de « stick » et les suceuses écœurées quittaient le buffet pour un dernier bain, ou une dernière « grillade ».

Ces soins attentifs et généreux m'évitaient sans doute bien des déboires mais ils étaient fort contraignants et lorsque j'entendais ce mot terrible tique ! j'allais me cacher dans les coins les plus reculés de la maison ou du jardin. Un soir mes protecteurs regardaient à la télé, avec beaucoup d'intérêt, un vieux barbu qui égrainait des considérations philosophiques ou métaphysiques, je ne suis pas assez calé pour faire le point sur ces concepts. Soudain ce brave docte orateur prononça avec force et vigueur un mot terrible : authentique ! je sursautai et détalai à fond de train pour me réfugier dans « mon lit bateau »* pour moi, ce vocable assené à grand coup de voix devenait synonyme d'invasion de tiques. Mes mentors, surpris de ma réaction restèrent un moment surpris, puis prirent un bain de jouvence dans un rire communicatif. Ils avaient compris la raison de mon départ précipité. Chaque fois que de nouveaux hôtes venaient à la maison, ils avaient droit à l'épisode de « l'authentique » : ils rigolaient un bon coup en demandant des preuves formelles. Josette et Tony trop heureux de faire et de refaire la démonstration, s'exécutaient de bonne grâce. Les invités essayaient à leur tour la formule magique : « Riou c'est authentique ! » je filais la queue basse (façon de parler puisque je suis un épagneul breton « anoure »). À chaque fois j'avais mon petit succès, ça rigolait bien dans Landerneau, alors ! alors ! alors ? j'en ai profité pour faire le cabot. Ça me rapportait à chaque fois quelques gâteries, quelques caresses supplémentaires : nos amis les humains sont gentils et sympas, mais ils sont quand même un peu couillons, un peu, comme dirait Coluche, et il est parfois facile de les rouler dans la farine.

** Un véritable lit bateau fait par Tony avec des planches récupérées sur un vieux bahut du XVIIIème qui avait rendu l'âme.*

HEURES CREUSES

Lorsque Josette et Tony m'ont pris en charge et ramené dans leur maison devenue la mienne, à Roquebrune, ils travaillaient encore tous les deux. Je sortais avec eux en balade ou à la chasse, le mercredi, le samedi et le dimanche, plus souvent encore en période de vacances scolaires, mais j'étais confiné à la maison le reste de la semaine.

Il y avait dans mon emploi du temps bien des heures creuses qui au début de mon séjour me paraissaient longues et monotones. Je m'ennuyais, je tournais en rond en faisant des C.O.N.ries ! Il m'est ainsi arrivé pour passer le temps, de bouffer des chaussons, de déchirer le tapis de la salle à manger, de m'aiguiser les ongles sur la porte de la cuisine, de pisser sur les rideaux du salon et plus grave encore, de « me faire la poubelle ». Elle était sous l'évier. La patronne la vidait presque systématiquement en partant au boulot, et prenait la précaution d'en fermer la porte d'accès. Mais le matin, il y avait à côté des départs bien cadrés, bien programmés des démarrages en trombe, des courses effrénées pour rattraper la pendule qui comme la tortue allait son train de sénateur, sans jamais perdre une minute. Ces jours-là, la poubelle n'était ni vidée, ni protégée. Des odeurs alléchantes, toujours mon super flair, m'envahissaient, me faisaient saliver. Je ne résistais pas longtemps à la tentation, renversais le contenant et le contenu, à grands coups de pattes et m'octroyais tout ce qui me paraissait comestible.

Pour ma première tentative, je me régalais d'une carcasse de poulet aux hormones qui n'avait rien à voir avec la volaille creusoise. Le ventre garni, en quantité, sinon en qualité, je laissais tout en plan, la conscience tranquille et piquais un petit roupillon en rêvant à la montagne de Ferrat. J'adorais cette chanson que mon bon maître fredonnait souvent. En rentrant de l'école Josette énervée par une journée éducative consacrée à trente cinq marmots de grande section, me passa un savon mémorable en me traitant de vilain, de chien d'âne, de farfouilloux et de mange-merde. Pour elle, toujours si polie, c'était vraiment le comble de l'exaspération. Je baissais la tête, les oreilles et ce qui me restait de queue, mais me permettais quand même de lui faire remarquer qu'elle en avait dégusté avant moi. Je ne sais si elle saisit l'allusion car je lui parlais en langage canin, mais elle changea de ton, se mit à rire, et répara les dégâts, sans autres engueulades ou discours moralisateur.

Fort de cette première expérience qui ne s'était pas soldée par une sanction excessive, je remis le « couvert » dès que l'occasion se présenta, une semaine plus tard. La réaction fut cette fois beaucoup plus vive, et j'eus droit à deux tapes sur le râble qui firent plus de mal à ma susceptibilité qu'à mon arrière train, doublées par un sermon très vindicatif du patron : tu es un vrai petit cochon que le cul te pèle et qu'il y pousse un jonc ! Patron et patronne sortirent précipitamment de la cuisine et me laissèrent honteux, malheureux et fautif.

À peine hors de ma vue, je les entendis qui hoquetaient des paroles incompréhensibles, hachées par des fous rires incoercibles. Sur le coup, je fus encore plus dépité par ces réactions imprévues. Après m'avoir copieusement engueulé, (terme très banal dans la bouche d'un chien) voilà qu'ils se payaient ma tête de « poubelier » en herbe. Suite à ces manifestations humiliantes pour ma condition de chien de haute lignée, je décidai de ne plus galvauder ma dignité dans des « boîtes à ordures ». Je tins d'autant plus facilement parole, que mes chers maîtres évitèrent depuis ce temps-là, de laisser traîner dans la poubelle familiale, tout déchet d'origine animale. En devenant adulte, la notion de temps devient pour moi, moins contraignante. Le vol des heures creuses, au début suspendu, s'accéléra comme par miracle et je n'éprouvai plus aucun problème à supporter mes trois « plombes » de solitude, du matin et de l'après-midi. Je faisais des petits « sommes », écoutais les rumeurs de la rue, répondais au téléphone*, rêvais à une scène de chasse passée ou à venir, éliminant ainsi la notion de durée. Lorsque mes protecteurs arrivaient du boulot, j'étais en pleine forme, je leur faisais la fête et profitais pleinement des bons câlins et des gentillesses qu'ils me prodiguaient.

Il faut laisser le temps au temps... Chez nous, les toutous, le passage d'une durée réelle à une durée psycho-physiologique intégrée, se fait très naturellement. Notre horloge interne accélère ou ralenti et nous perdons ainsi la notion du temps. Pour vous les humains qui gambergez, trop fort et trop vite, une minute peut représenter une heure. Chez nous les heures peuvent passer aussi vite que des minutes. Le temps n'a pas de prise sur nous, peut-être parce que notre espérance de vie est beaucoup plus courte que la vôtre. Le rapport est de un à sept. Douze ans de notre vie égale soixante-quatre de la vôtre. À moins d'accident grave, un patron peut avoir plusieurs chiens, mais un chien ne peut avoir qu'un patron, à moins, bien sûr, que cet humain peu délicat, ne l'abandonne, souvent lâchement, et que nous nous retrouvions à la rue ou dans un chenil. Dans un cas comme dans l'autre, il nous arrive d'avoir éventuellement un nouveau maître, du moins pour ceux qui peuvent le supporter, car certains chiens, il faut le savoir, ne peuvent pas aimer deux fois, même s'ils ont été trahis, ils préfèrent crever !

---

* *Je répondais au téléphone : en fait, je veux dire par là que j'aboyais copieusement lorsqu'il sonnait.*

Eh oui, nous sommes d'une fidélité à toute épreuve, nous les chiens-chiens à leur mémère et à leur pépère, dans ce domaine, vous ne nous arrivez pas à la cheville, je parle de la vôtre, qui est beaucoup plus conséquente que la nôtre, la cheville, pas la fidélité.

PARLER - ÉCOUTER - COMPRENDRE

Lors de ces petites réunions amicales ou mondaines, j'apprenais de jours en semaines à vivre en compagnie des hommes, je dirais des humains, pour ne pas être taxé de misogynie. Je subissais leur loi, sans devenir leur esclave, d'autant que mes responsables à moi n'étaient pas du genre esclavagiste, mais malgré tout aussi « braves et sympas » qu'ils fussent, ils essayaient quand ça les arrangeait de me faire prendre des vessies pour des lanternes... oui, oui ! même les miens ! et pourtant, je vous le dis et redis, il n'y a pas meilleurs ! mieux que ça tu meurs comme dirait le pied noir. Il m'a fallu un certain temps pour comprendre que l'homme était vraiment un loup pour l'homme, et que le chien, sans L ni C majuscules, était pour lui, enfin pour un certain nombre, il ne faut tout de même pas généraliser, un moyen d'assouvir ses instincts de petit chef, de commander inconditionnellement voire même anticonstitutionnellement. Brigitte Bardot que mon, j'allais dire mon père, non mon patron, admirait plus pour sa plastique que pour son action sur la défense des animaux, avait bien compris le problème. Je crois qu'elle poursuit sa tâche, je la vois de là-haut, elle a quand même de la constance, elle persiste et signe, bravo.

Mon Tony lui reprochait, lorsque j'étais encore de ce monde, le sort qu'elle avait fait subir à ce fameux baudet qui n'avait pour principale ambition que de batifoler avec sa « baude »... Certes, la mesure avait été radicale. C'était vraiment un remède de cheval, mais il y avait peut-être dans le subconscient de cette splendide créature, je parle de BB, la volonté de rétablir une relation plus équitable entre le mâle et la femelle, l'homme et la femme, le machisme et le féminisme. Lorsque mes maîtres étaient réunis avec leurs amis, j'entendais bien des discussions qui malgré mon intelligence bien au-dessus de la moyenne, c'est le véto qui l'a affirmé, me passaient souvent au-dessus du poil. En milieu enseignant j'ai souvent entendu parler de pédagogie, mais également d'archéologie, de psychologie, de poésie, d'orthophonie, de dyslexie, de dysorthographie et de plein de choses en I. En IQUE aussi : conjonctures économique, statistique, politique, qui revenaient très souvent. De droite, de gauche, de centre, de RPR, d'UDF ! bref, je n'y entendais rien et ne comprenais pas pourquoi mon Tony piquait parfois des colères mémorables contre la majorité qui menait une politique de droite, l'opposition qui tenait des propos de gauche et ce gros tas d'Allègre, roi des mammouths à dégraisser en priorité. Il s'en prenait également aux politiques de tous bords, démagogues, profiteurs, tous plus ou moins mouillés pour avoir trempé dans des affaires plus ou moins louches, pour du trèfle, pas pour des prunes. Cherchez les cocus, disait-il à ses copains... Maintenant que je suis là-haut et que saint Pierre m'a accordé des pouvoirs spéciaux, je comprends mieux toutes ces « hommeries » mais je dois avouer que je préférerais être sur terre à chasser la caille et le perdreau, avec mon bon patron... Je ne déteste pas non plus la tome de chèvre !

Il adorait, il adore toujours, écrire, parce qu'il avait disait-il une mémoire de panier percé et que s'il ne notait pas tout de suite les choses qui lui semblaient intéressantes et qui lui passaient par la tête, il les perdait à jamais. Je suis sûr qu'il se trompait car dans son premier roman, que je suis maintenant en mesure de savourer, ses souvenirs qui dataient d'un demi-siècle et plus, sont revenus spontanément à la surface. Ils devaient être stockés dans un tiroir de son ordinateur cérébral.

Quand il était seul, il parlait tout haut, et pour ne pas se faire la conversation à lui-même, il me parlait et me prenait à témoin : bon mon Riou, écoute bien la chanson des « trois grâces », tu me diras ce que tu en penses :

Vers la fin de la journée
Sur une place ensoleillée
Agnès, Ida et Annie
Se prélassaient entre amies
Je suis venu
Je les ai vues
Et je leur ai demandé
De m'asseoir à leur côté
Ida a dit ya
Annie a dit oui
Agnès a dit Yes

Je les ai baratinées
Massées et bien câlinées
Puis je leur ai proposé
D'aller faire un bon dîner
Agnès a dit Yes
Ida a dit ya
Annie a dit oui

On est allé chez Albert
Casser la croûte, boire un verre
Déguster des tartes flambées
Et quand j'ai voulu payer
Annie a dit oui
Agnès a dit yes
Ida a dit ya

Puis on est allé chez moi
S'allonger sur un sofa

On a flirté
On s'est embrassé
Mais à l'heure du dessert
Il n'y avait plus rien à faire
Annie n'a pas dit oui
Et est vite partie
Agnès n'a pas dit yes
Elle a filé en vitesse
Y'avait plus qu'Ida
Mais elle a dit ya.

Il m'a lu son petit poème, a décrété que ça pouvait faire une chanson, qu'il m'a interprétée sur l'air de « la plage ensoleillée » de BB eh oui ! encore elle.

Ça te plaît Riou ? Je remuais les oreilles et bougeais mon moignon de queue, en signe d'acquiescement pour lui faire plaisir, car en fait, je n'y pigeais pas grand-chose, mais j'étais quand même sensible à la musique des mots. Maintenant que « je ne suis plus », je comprends tout et j'ai moi aussi mis toutes ces données en mémoire. Bon ! je vous concède que c'est de la petite poésie, il y a mieux, et lui même a déjà fait meilleur, dans le léger, comme dans le sérieux... Si ça vous intéresse, reportez-vous au chapitre suivant, vous voulez bien ? Oui, je le sais, enfin je le sens et là je suis imbattable. La preuve ? le professeur Neuhaus a découvert que si la surface de la membrane pitentaire consacrée à l'olfaction ne dépasse pas 4 cm^2 chez l'homme, celle d'un Épagneul Breton est supérieure à 100 cm^2 Vous êtes convaincus ? OK, voyons la suite.

EXTRAPOLATION

Voilà, de là-haut j'ai découvert les notes de mon bon maître, il me les avait lues (en partie), lorsque j'étais ici-bas, histoire de rire, car il ne voulait pas les publier. Moi, Saint Riou, ou presque, estime qu'elles ont droit de citer. Allons-y pour les citations, poèmes et autres pensées :

LA ET LES VOIX : Si un quidam perd sa voix ce n'est pas grave, il la retrouvera.

Si un chanteur perd sa voix, c'est plus embêtant, il ne pourra plus « travailler » pendant quelque temps, ou alors il va dérailler comme le train qui perd sa voie.

Si un élu perd ses voix, c'est très ennuyeux, il ne sera pas réélu, et ne pourra plus faire ni de discours ni de chantages.

Et le Seigneur ? je ne peux rien vous dire, les siennes sont impénétrables.

VACHES FOLLES : « Dans le Morbihan, il y avait plein de vaches, pas plus folles que leurs maîtres et une seule, vraie, puis finalement à l'examen fausse vache folle : En Angleterre, c'était le contraire. »

PROUT : « Si l'on veut péter plus haut que son C… on sent tout de suite que l'on a tort. »

RIGOLETTO : « Rire franchement, c'est rire en couleur, rire jaune, c'est rire en noir et blanc. »

ÉCRASEMENT : « Il vaut mieux écraser une larme au coin d'un œil, un pet au coin d'une chaise, une chatte au coin d'une lambada, un œuf au coin d'une poêle, (même si elle est ronde) qu'un piéton au coin d'une rue.

JEUNESSE - ÉDUCATION : « La révolution culturelle de mai 1968 et l'éducation moderne ont renversé tous les garde-fous qui protégeaient la jeunesse. Elle ne sait plus où aller, par où y aller, comment y aller ; elle s'égare dans tous les labyrinthes, se grille à tous les feux, butte sur toutes les aspérités de la route et se ramasse dans tous les précipices... et l'adulte, ce couillon, contemple ces égarements en disant : « je ne comprends plus ».

EUROPE : Si l'on applique à la lettre les normes européennes, il n'y aura plus dans notre beau pays qu'une seule variété de fromages : « le petit plâtre ».

FEMME : « Une jolie femme est habillée par sa nudité avec ses longs cheveux blonds, bleus ou sombres, ses seins d'albâtre et sa jolie crèche dans son écrin noir de geai... »

« Un homme à poils, même très beau à l'air CON avec son bâton mollasson qui regarde ses arpions. »

RELATIVE : « Je suis très brun et très bronzé ! Si je me compare à un noir, je suis blanc, si je me compare à un blanc, je suis noir... Il ne faut jamais traiter par l'absolu des questions qui sont du domaine du relatif... »

PENSER : Je pense, donc je suis dit le philosophe. Je pense donc j'essuie dit la ménagère. Je panse dont je soigne dit l'infirmière. Je panse donc je rumine dit la vache. Je pen, pan, pense donc je bé, bé, gaye, dit le bègue. Je pense ce que je dis mais je ne dis pas tout ce que je pense dit le sage. Je pense donc je riz dit le chintoc... Finalement, il n'y a que le militaire qui ne pense pas, sinon il n'obéirait plus.

ÂGE : « À vingt ans, après une journée de travail et une soirée arrosée, on peut encore lever le bras quand une belle fille ouvre la bouche et se réveiller le lendemain frais et dispo.
À cinquante ans il faut ménager sa cravache si l'on veut dans ces mêmes conditions honorer sa monture. »

MARCHE : Quand on va de l'avant, il faut protéger ses arrières.

Dimanche 5/12/99 : « Pioline est désespéré, on n'aura pas de lauriers
Forget est déçu
La coupe « Desvis » est perdue
Faudra resserrer les boulons
Si l'on veut battre le champion et promener dans nos bonnes villes
Le saladier de l'an deux mille.

Non ! l'île n'est pas vilaine.

La Moselle s'enfonce dans le Bas-Rhin qui en a... plein le dos.

En voilà quelques-unes : elles ne sont pas mal, hein ? franchement ?
Vous en voulez d'autres ? oui - non
Alors passez au chapitre suivant.

CHAPITRE SUIVANT

DENISE :

Denise est très sportive, ce matin elle a joui, pardon joué, alors qu'Ernest lui faisait la cour sur un court de tennis privé appartenant à un prince du racket qui cultivait des pavots au ras des pâquerettes.

L'après midi elle a joué, pardon joui, avec un pénis, privé lui aussi, mais en pleine forme, qui lui a mis trois jeux d'affilée avec ACE et service canon !

JEU DE MOTS : Oh Paul, tu viens à la mairie garnir les urnes ? non, je vais à la Marie vider les burnes.

CONTRE PÊTERIE : M'en allant par le bois
J'entendis une voix
C'était la belle Paulette
Avec sa p'tite serpette
Qui s'en allait aux champs
En chantonnant
Avec beaucoup d'allant j'accompagnais la coquette
Car je n'ai pas de rebord à mes épaulettes

Arrivée dans la plaine
Elle s'asseoit sous un chêne

Et demande avec entrain
Que je lui fasse un p'tit câlin
J'accède à sa requête
Car je n'ai pas de rebord à mes épaulettes

Elle s'allonge sur l'herbette
Et ouvre sa jaquette
M'invite à butiner
Ses lèvres parfumées
J'dis oui à la Paulette
Car je n'ai pas d'rebord à mes épaulettes

Je retrousse sa jupette
Et découvre ses gambettes
Elle m'invite à explorer
Son joli p'tit panier
Je dis oui à ma belle conquête
Car je n'ai pas d'rebord à mes épaulettes

Pour nous deux c'est la fête
Car notre tête à tête
Est très très savoureux
Et nous rend fort heureux
Nous nous accorderons bien d'autres galipettes
Car je n'ai pas d'rebord à mes épaulettes.

ÉMOTION : L'émotif lorsqu'il est confronté à un problème souffre avant l'événement, panique pendant l'événement et est insatisfait après l'événement.

LA CORSE : Un proverbe disait : La Corse n'exporte qu'une chose : l'intelligence de ses fils. Si l'on continue à ignorer les causes profondes du malaise de l'Île de Beauté, elle va finir par exporter la violence qui est inscrite dans ses gènes depuis 146 avant J-C.

ÉCHANGES EUROPÉENS : La France jette les tomates bretonnes et importe celles de Hollande... Quelle drôle de salade...

L'ENFANT ET L'HOMME : Aux confins du rêve et de la réalité, René est debout, habillé de sa chemise à carreaux rouges, son jean noir et ses mocassins marron. Il a revêtu sa tenue de détente et tient dans ses bras un bambin qu'il berce tendrement ; son petit, son fils. Il détaille ce petit bonhomme, qui porte une chemise canadienne à gros carreaux, un petit jean noir et des mocassins marron. Pas de doute, c'est lui en miniature, aussi bien par l'habillement que par les traits, la couleur des yeux, la plantation des cheveux. Ce tout petit orchestre son existence, lui impose un mode et un rythme de vie, l'oblige à être différent, pas tout à fait lui-même. Qui gouverne et conditionne l'autre ? oui, c'est peut-être l'enfant qui est le père de l'homme ?

POLITIQUE : Les hommes politiques parlent beaucoup, surtout lorsqu'ils n'ont rien à dire. Si on les écoute, on voit une auréole prendre corps, derrière leur crâne de petits saints et des cornes diaboliques derrière celui de leurs adversaires... Ils savent également blanchir l'argent sale en gardant les mains propres.

Si la gauche est plurielle, la droite multiplie ses efforts pour s'unir, ce qui la divise et la rend singulière.

DE 60 À 35 HEURES : En 1858, le patronat était contre la baisse d'horaire du travail des enfants qui faisaient soixante heures par semaine… et vous voulez qu'ils soient favorables aux 35 heures ? Faut pas rêver.

APPELLATION : Si l'on doit appeler une femme Madame Le Président, il serait peut-être souhaitable de lui procurer une paire de couilles en bois et une moustache en poils de sanglier !

FEMME : On admire un beau coucher de soleil, une belle toile de maître, un beau paysage, un bijou scintillant, mais rien n'est plus beau et plus attendrissant qu'une belle femme.

Ceux qui roulent pour vous, amassent mousse pour eux-mêmes.

Il vaut mieux rouler pour soi, que de se faire rouler par les autres.

Quand on voit rouge, il faut vite se mettre au vert.

CHANSON : Quand nous étions jeunes enfants
Nous avions des jeux bien marrants
Comme tirer un coup, un p'tit coup de sonnette
Juste pour faire crier les nonettes
De l'abbaye des Demazières
Commune de Peyrat La Nonière.

Quand nous étions jeunes garçons,
Nous avions un jeu très mignon,
Tirer un coup, un p'tit coup d'poing

Pour casser la gueule aux sagouins
Qui nous piquaient nos mobylettes
Et qui draguaient nos mignonettes.

Quand nous étions jeunes soldats,
Nous avions un passe-temps navrant
Que nous imposait l'adjudant,
Tirer un coup, un p'tit coup de fusil
Car c'était notre seul outil,
Avec des balais et des seaux
Pour bien nettoyer les goguenots.

Quand nous étions célibataires,
Pour passer nos soirées d'hiver
Nous avions un p'tit jeu charmant
Qui inquiétait bien nos mamans.
C'était de tirer un coup, un petit coup de zigounettes
Avec coquettes et midinettes
Pour vidanger nos coucougnettes
Et apprendre à dev'nir moins bête.

« Une femme ça va, trois femmes, bonjour les débats. »

DROITE - GAUCHE : La différence entre les hommes de droite et ceux de gauche, c'est que les premiers portent à gauche et votent à droite, alors que les seconds font tout à sens unique.

PLAGE : Ici Radio-Fréjus, il est midi, les Aoûtiens ont débarqué et forment une énorme tâche blanche sur le sable doré… Ici Radio-Dakar, même heure : la plage est noire de monde !

Il ne faut jamais se mettre en colère, sauf quand on a de bonnes raisons de le faire.

Ça vous convient ? OUI - NON en voici d'autres.

« ÉLUCUBRATIONS »

… Dont l'auteur est le patron et le présentateur, l'Épagneul Breton.

INVASION : Si cent millions de chinois
Envahissaient l'hexagone pour travailler au noir
Les Français de souche riraient jaune
Les émigrés habituels seraient marron
Les verts n'y verraient que du bleu
Les Le Pénistes vireraient au rouge
Les cocos seraient verts de rage
Les beurs seraient blancs comme linge
Les noirs seraient gris perle
Les citrons seraient orange
Popo ! quel arc-en-ciel !

« Celui qui bande au néon connaît bien la musique »

MODERNITÉ : « Après les vaches folles », les poulets à la dioxine,
Le coca cola suspect,
La viande aux hormones,
Les OTGM,

Le train de Paddington,
Les rillettes et autres pâtés à la listério-
se,
L'Érika qui avait des dessous noirs
continue à faire caca sur nos côtes
crottées
Au lieu de se casser en deux, il aurait dû
se casser tout court
Vive l'homme apprenti sorcier !

ACTUALITÉ : La France, pays des droits de l'homme est aujourd'hui victime de la politique laxiste, louvoyante et intéressée de ses dirigeants successifs droite et gauche confondues. Elle est en train de devenir l'otage de toutes ces minorités et mouvements séparatistes trop exigeants qui invoquent peut-être avec une certaine raison, la justice et leur droit sans souci de leurs devoirs. Elles et ils semblent plutôt soucieux de prendre leur revanche sur un passé où elles et ils furent négligés, voire sacrifiés, que de promouvoir un avenir plus juste et plus éclairé… Il faut stopper ces pratiques qui deviennent de plus en plus anarchiques, injustes, illogiques. À chaque collision entre état de droit et citoyens, révoltés, dissidents, fascistes ou francophobes, il faut faire un constat véritable et objectif de « l'accident », établir les droits, les devoirs et les responsabilités de chacun.

Il y a lieu également, de déterminer sans complaisance les causes exactes « du dérapage » pour le mettre en exergue, de manière à ce qu'il ne se reproduise plus systématiquement, comme c'est le cas aujourd'hui... Un policier ne peut pas se servir de son arme, à moins que... mais un violeur n'a pas le droit de violer, un casseur n'a pas le droit de casser, un plastiqueur n'a pas le droit de plastiquer, un criminel n'a pas le droit de tuer. Or, ils le font systématiquement et la plupart du temps lorsque l'irréparable se produit, côté agresseur, on condamne le représentant de la loi, sans se demander par qui, par quoi et comment, sa nervosité, certes contestable, a pu être induite. Sans revenir à la loi du talion, il faudrait que tout citoyen d'origine française ou autre, jeune ou vieux, en situation légale ou non, je ne dis pas cela dans un esprit raciste, mais dans un but égalitaire, se persuade que dès qu'on enfreint la loi, on court des risques allant de la sanction pénale à des peines beaucoup plus lourdes. Ces types de débordements peuvent également induire des réactions souvent imprévisibles et incontrôlables, même de la part de représentants de l'ordre qui doivent avoir des nerfs d'acier et une conscience professionnelle à toutes épreuves.

Comment dans certaines situations insupportables, résister aux insultes, à l'humiliation, au molestage, aux coups et blessures, à l'image même d'une mort instantanée, sans dégainer son arme dans des conditions de panique et de légitime défense dépassées ? Le constant est terrible, l'inadéquation des moyens tant matériels que psychologiques est patente : dans de telles circonstances où il faudrait tout faire pour prévenir plutôt que pour guérir. Ce n'est pas le cas, la politique sociale actuelle au contraire rend malade, l'agresseur, l'agressé et le représentant de l'ordre.

PEINE DE MORT : Philosophiquement et humainement parlant, on ne peut être que contre la peine de mort. Bien des personnes qui étaient favorables à cette sanction capitale ont compris ce message et fait ce cheminement altruiste et généreux… Actuellement, lorsqu'on voit, avec quelle désinvolture, des truands, des malfrats mais également des êtres de toutes conditions et de tous âges trucident leurs alterego, on peut se demander s'il ne serait pas utile de faire le cheminement inverse. La peine de mort systématique et dissuasive, appliquée à tout crime crapuleux à des branches malades ou totalement pourries de l'arbre social, serait peut-être l'arme la plus dissuasive et la plus efficace pour le respect de la dignité et de la vie de tous.

LE MOULIN DES LEROUX

Vous voyez, il y a du sérieux, du rigolo, du semi porno, du poétique, du politique, du philosophique, du social, du gaulois et encore, je n'ai pas tout divulgué, il n'aurait pas été content l'Antoine, mais enfin, ça faisait partie de « mes mémoires ». Après la part patronale, je reviens à « moi-même » pour vous parler du Moulin des Leroux, un lieu magique, un site extraordinaire avec des grands chênes centenaires, un ruisseau tortueux et glougloutant, farci d'écrevisses, le vieux moulin, une petite mare et un brin de mystère, cher à Georges Sand, qui planait du soir au matin sur ce tableau champêtre et idyllique. Bon j'arrête la poésie, c'est Tony qui m'a donné le virus. Je suis rentré avec Antoine et Josette, dans la cuisine des propriétaires exploitants. C'était une grande pièce, sombre délabrée et noircie par la fumée. Les murs ne se souvenaient plus de leur couleur d'origine, ils ne connaissaient même plus le sens du mot peinture. Sur l'immense table en châtaignier brut, trois poules et deux chats se disputaient, sans animosité excessive les restes du repas de midi ! le couvert n'avait pas été desservi, autant de pris sur le labeur du soir. À quoi bon changer les assiettes, ces animaux étaient chargés du ménage et de la vaisselle. Outre les bouteilles, il y avait également sur cette mangeoire permanente, quatre verres, qui à l'origine contenaient de la moutarde de Dijon. Reconvertis en calice à pinard, le gros rouge qui tache, ils avaient perdu toute transparence et gardaient de leur présente fonction des traces indélébiles. Les chats chipotaient et grignotaient à petits coups de langue et de dents, les poules picoraient et caguaient simultanément et en direct sur cette table vénérable. La crasse, cristallisée, incrustée, crissait au moindre pas. Elle persistait et signait dans les moindres recoins de la pièce sans induire pour autant, une impression de dégoût ou d'écœurement. La décoration était assurée par d'énormes toiles d'araignées habitées en leur centre par la propriétaire du lieu et garnies de mouches prisonnières, provisions imputrescibles de dame arachnide.

Dans l'immense cheminée à l'ancienne qui tenait un demi-pan de mur, il y avait deux très vieilles chaises sagement assises aux deux extrémités, sous la voûte même du foyer.

Au retour d'une journée de dur labeur, le meunier et sa femme reposaient et réchauffaient leurs muscles ankylosés et leurs vieux os farcis de rhumatismes, sur ces sièges providentiels imprégnés d'une douce et durable chaleur.

Au mitan de la cheminée, une vieille marmite en fonte, noircie et culottée par des lustres de bons et loyaux services somnolait sur l'ancêtre de tous les trépieds. Elle mijotait en son sein, à tout petit feu, le frichti sain et naturel qui lui avait été confié. Elle poussait des petits soupirs étouffés, qui exhalaient une haleine gastronomique délicieuse. Elle vous mettait l'eau à la bouche et vous creusait l'estomac, malgré les araignées, les chats, les fientes des galinettes, la poussière et tout ce qui partait à vau l'eau dans cette pièce cafarnahum !

Affolé par ces fumets irrésistibles, je m'approchai de ce piège à gourmets, avec la ferme intention de balancer le couvercle, de tirer « les marrons du feu » et de les croquer à belles dents.

Riou ! non s'exclame Tony, j'ai moi aussi une envie folle d'y goûter, mais on ne peut pas, on ne doit pas, vu ?... Yes my dear master. Eh oui, je parle un peu anglais... de la Bretagne à la Grande-Bretagne « y a pas loin » !

LE FOOTING

Lorsque je suis arrivé à Roquebrune, la villa Anjolène était encore occupée par ses quatre principaux habitants : AN comme Antoine, Jo comme Josette, OL comme Olivier, Lène comme Hélène. C'est la contraction des quatre prénoms du père, de la mère et des deux enfants qui avait inspiré le nom de la maison. Pour m'installer confortablement, j'avais un très grand choix. Mon lit, le canapé, les fauteuils du salon, les tapis et les lits des quatre chambres. Je dois dire que j'ai essayé investi et réinvesti toutes ces couches et tous ces sièges, particulièrement ceux qui m'étaient interdits. Je profitais de la moindre ouverture, il faut qu'une porte soit ouverte ou fermée, pour me glisser silencieusement là où il ne fallait pas. Le temps que l'on me retrouve et que l'on me déniche, parfois à regret, car j'avais des mimiques et des attitudes qui attendrissaient mes propriétaires, j'avais largement profité de ces installations destinées au repos et au farniente. J'adorais également les tapis du salon et de la salle à manger respectivement couronnés par une table ronde en fer forgé et une autre très rustique en chêne massif. Les animaux de mon espèce adorent ce type de refuge, avec isolant épais au sol, surmonté par « un ciel de lit » à la fois décoratif et protecteur.

Lorsque j'étais pris en flagrant délit de ronron illicite, je prenais l'air parfaitement ahuri du pauvre animal qui ne comprend absolument pas ce qui lui arrive. L'œil rond et interrogatif il ne me manquait plus que la parole pour répondre en petit nègre : « moi y en pas comprendre ». Cette attitude ou hypocrisie et innocence se mêlaient intimement, avaient le don d'attendrir mes bons maîtres qui bien souvent haussaient les épaules, reprenaient leurs occupations et me laissaient reposer en paix. La plus intransigeante était « la Josette » pour une raison essentielle : c'était elle qui en règle générale s'occupait des lessives, du monstre que l'on appelle aspirateur, (quelle affreuse chose) et de la chasse aux poils. Olivier et Hélène quitte à se faire disputer par leurs parents adoraient m'accueillir dans leur chambre et me confiaient souvent leurs soucis ou leurs contrariétés d'enfants puis d'adolescents. Lorsqu'ils avaient un gros chagrin, ils se vautraient carrément sur moi et me transformaient en oreiller confident et consolateur. Il leur arrivait même d'humecter mon doux pelage de quelques grosses et lourdes larmes puis de reprendre les rennes de leur destinée, le cœur plus léger ou la conscience plus sereine.

Puis vient le temps où mes petits patrons quittèrent le logis pour le lycée, la fac ou l'installation de leur propre nid. Lorsqu'ils revenaient à la maison, ce n'était que fêtes, caresses et embrassades. À l'occasion de ces retours inopinés, j'appris un nouveau mot anglais : « footing ». Hélène et Olivier étaient, tout comme leur père, plutôt sportifs. Pendant les vacances, ils tenaient à conserver leur forme, en faisant deux fois par semaine de bonnes petites balades sur un rythme accéléré.

Riou on va faire un footing? Je relevais les oreilles et inclinais la tête à gauche et à droite en signe d'interrogation. Footing, mon toutou promenade, viens ! Pour sortir de la maison, et courir, « les messugues »* je ne me faisais jamais prier. Nous partions à deux ou trois et parcourions en petite, moyenne et grande foulée de merveilleux petits chemins qui

messugues : cistes, en provençal.

fleuraient bon le thym et la sarriette. Lorsque j'étais jeune et en pleine forme, je mettais un point d'honneur à rester en tête de peloton. S'ils accéléraient, je remettais le starter et ne me laissais jamais dépasser, sauf lorsque je subodorais la présence de quelques bestioles forestières. Lorsque la tentation était trop forte je m'arrêtais carrément, préférant la chasse à la course.

- Riou ! Riou ! Tiu - tiu - tiu !

L'appel de mon nom et les coups de sifflet me rappelaient à l'ordre, je repartais à fond de train rejoindre les jeunes patrons et le footing reprenait ses droits. Ce mot faisait désormais partie de mon vocabulaire et dès que je l'entendais, je me précipitais à la porte d'entrée « j'étais à la messe avant le bedeau ». À la fin de ma vie lorsque cette saloperie de maladie de merde ; excusez ma grossièreté, mais je parle du cancer, du poumon pour ce qui me concerne, oui lorsqu'elle m'est tombée dessus, je comprenais toujours le mot footing, il me faisait toujours vibrer.

Malheureusement, mes alvéoles et mes pattes ne suivaient plus. La première fois que j'ai ressenti les effets de cette sale maladie, j'ai effectué malgré tout le parcours avec Olivier. En revenant à la maison, j'étais crevé, je n'arrivais plus à retrouver mon souffle. Petit à petit, je n'ai plus été en mesure de suivre mes gentils petits patrons. J'ai abandonné à mi-parcours, et suis rentré, tristement dans mes pénates complètement fourbu. Les fois suivantes j'ai encore essayé. Au bout de vingt mètres il n'y avait plus personne... J'ai compris alors qu'il n'y aurait jamais plus de footing, et qu'à brève échéance, ma courte vie allait prendre fin.

NEIGE VAROISE

Six heures trente du mat ! je suis dans mon lit bateau, je vous en ai déjà parlé : il est douillet et confortable. Ma maîtresse, enfin ma patronne m'a fait un oreiller, ou plutôt un traversin extra. Un tissu provençal bourré de lavande ! mais oui mesdames et messieurs, si vous ne me croyez pas, demandez à Josette, elle ne ment jamais. Mon patron non plus, il lui arrive d'arranger la vérité ou de sublimer le mensonge, celui que l'on qualifie de pieux ! il n'est pourtant ni croyant ni pratiquant. Je le comprends très bien, d'autant que nous communions dans les cathédrales que dame nature met à notre disposition, dans nos campagnes, corses, provençales, ardéchoises, ou creusoises. Bon, ne soyons pas chauvins, des lieux magiques, « divins », il y en a partout, dans notre beau pays, « franc-gaulois », de plus en plus cosmopolite, avec des obélix des astérix, des panoramix, des idefix, sans oublier les assurancetourix et tous ces gaulois qui tombent abraracourcix, sur les romains, ces fous, ces envahisseurs qui occupent toute la gaule sauf les camps de babaorum, aquarium, landanum et petit-bonum. Quand je voyais Hélène et Olivier « les petits » de mes petits patrons, plongés dans ces beaux livres farcis d'images vivantes et rigolotes et de mots, en petits ou gros caractères, j'avais envie d'apprendre à lire. Ne riez pas, c'est vrai, je vous l'assure, parole de ouha ouha. D'ailleurs saint Pierre des chiens, es qualité, m'a donné ce pouvoir et maintenant je peux moi aussi, lire les textes de Goscinny et apprécier les dessins de Uderzo sans problème. Je me

R.É.G.A.L.E. ! comme dirait Tony Sauri, le grand copain de mon Tony à moi, marseillais jusqu'au bout de la langue, avec des expressions extraordinaires : exemple ? vous voulez des exemples ? OK allons-y : pelandron ! que sa quo ? un pelandron, c'est un farceur, un petit coquin. « putain de merdasse » expression chargée j'en conviens. Lorsqu'Antoine, qui est tireur, rate la boule de l'adversaire, mais chasse celle de ses partenaires, à cause d'une dérive de quelques petits, tous petits centimètres, Tony gueule « putain de merdasse » ! jette sa casquette par terre, la piétine rageusement et décrète : oh con de moi ! cherchez-vous un tireur, moi je pointe ! À la minute suivante, il tire à nouveau, et libéré par toutes ces bonnes paroles qui lui purgent l'œil, le cœur, et le bras, il fait un carreau retentissant. Il explose littéralement dans un rire « Tony truand » avec des cascades de ah et de oh, qui tapissent l'espace et le temps et il conclut : oh bonne mère, celle-là, je l'ai bien encapée, juste sur la tronche, une estanque con ! Mais revenons un peu à moi, je vous parlais d'Astérix : remarquez que je n'ai pas beaucoup dévié car Antoine, Tony, dit coquinasse, est à n'en pas douter un Asterix sans potion. Quant à moi, je me fais l'effet du barde, je sens que vous allez me museler. Non ? pas encore ! bon je continue. Là-haut, in sanctus pétrus garden, j'ai lu le bouclier Arverne et Astérix en corse. Comme je connais bien ces deux régions, je me suis éclaté ! j'ai visité moi, petit chien, Nemessos-Neriomagus, Borvo, Calentes Baiae ! et leurs campagnes pleines de sangliers beurk ! de perdreaux et de « faisans » et de bécaches hum !! fouchetri-fouchtra, ch'est vachement chimpa ches régions-là. Et la Corse, j'ai huit passages continent-Corse et retour à mon actif ! quel beau pays que celui de mon maître. Le plus dur c'est la traversée, nous les chiens, ne sommes pas admis ni dans les salons, ni dans les cabines. La compagnie SNCM a peur que les humains nous cagnent sur les pieds ! hé, hé ! d'où deux solutions : le chenil, ou la voiture du patron. Le chenil, pas questions dit Tony, ça pue, ça gueule, y a des puces, tu vas devenir fou mon Riri, je ne vois pas d'autre alternative que la voiture. Tu vas avoir un peu chaud, ça va sentir davantage le pétrole ou le mazout, que les idées mais tu seras chez toi, personne ne t'enquiquinera et demain matin à la première heure, je descends te délivrer, d'accord ? C'est ça ou rien ! eh oui, bon d'accord… et je passais la nuit dans le ventre alourdi de ferraille du paquebot. Une fois débarqué, quel « piachere » mais je vous en reparlerai peut-être dans un prochain chapitre, car je viens de réaliser, que j'avais totalement dérivé, forcément quand on parle de bateau, on peut perdre la boussole, ah oui, je vous avais annoncé la neige à Roquebrune ! où du moins sur le Var. C'est un phénomène assez rare, et plutôt tardif quand il se produit. La première fois que j'ai découvert la chose, je devais avoir trois ans. J'étais comme je vous l'annonçais en tête de chapitre, bien au chaud, bien au doux dans mon petit lit bateau. sept heures, le patron se lève, et m'ouvre la porte qui donne sur le jardin pour que je puisse faire mes petits besoins matinaux. Comme à l'accoutumée, je m'étire, me gratouille, bouge les oreilles et renifle le fond de l'air avec application. Bizarre, bizarre ! je ne sens pas, n'entends pas et ne vois pas comme à l'habitude. Le jour n'est pas totalement levé et pourtant la pelouse du jardin n'a ni l'aspect, ni la consistance habituelle. Je m'avance, jusqu'au bord de la terrasse et pose prudemment une patte sur ce tapis inédit. Ouha ! c'est gelé, je relève aussi sec mes coussinets et regarde le Tony d'un air interdit. Il rigole ! Riou c'est ta première neige, tu n'en as pas vu en Creuse, tu étais encore dans le ventre de ta mère, ici c'est plutôt rare, vas-y, profites en ; elle est immaculée, vierge, personne n'a encore marché dedans, en termes choisis on peut dire que personne ne l'a encore foulée, vas-y elle est pour toi. Après avoir échangé un coup d'œil complice, nous avançons tous deux sur cette moquette. Elle est blanche et c'est tant mieux, car vous n'êtes pas sans savoir que nous, les toutous, nous ne percevons pas les couleurs, notre télé est en noir et blanc ! je mets donc quatre pattes dans la neige, puis huit, douze, seize, soixante-quatre, j'y trempe le nez et souffle furieusement pour retrouver l'herbe, sa faune et ses senteurs. Je secoue la tête et excité par ce sucre céleste et glacé, j'exécute une sarabande endiablée et me roule avec délice sur ce blanc manteau qui adhère à mes poils et me transmet sa scintillante couleur. Totalement réveillé et ragaillardi par cette fraîche et stimulante campagne, je rentre à fond de train dans la maison et me plante devant ma gamelle. Ce don du ciel, inattendu, m'a mis en appétit. Tony le comprend bien et me sert mon petit-déjeuner. Je l'avale goulûment, et retourne au jardin. Elle est toujours là, je n'ai pas rêvé. Soudain, un oiseau sort d'un buisson, sur ma droite. Dynamisé par cette poudre blanche, je m'élève dans un bon fantastique et choppe le pauvre cui-cui, en plein vol. Tony qui a assisté à la scène reste médusé… Riou lâche ce pauvre petit piaf. J'ouvre instantanément la gueule, et le moineau ressort comme il était rentré, indemne ! Tony est de plus en plus admiratif : bravo, mon Riou, quelle prise extraordinaire, quelle délicatesse, quelle vivacité tu es le meilleur ! à l'ouverture tu vas étonner tout le monde.

LA CORSE

Dans un précédent chapitre, je vous parlais de la traversée dans la voiture du patron, c'était vraisemblablement la moins mauvaise solution. J'étais installé dans mon domaine, avec des senteurs familières, malheureusement empuanties par des odeurs de gaz oil. Bien que Tony ait laissé les vitres opposées avant arrières entrouvertes pour me procurer un peu d'air, il faisait chaud dans la soute et les relents d'essences plus minérales que végétales me donnaient envie de « gerber ». C'est un terme qui m'est revenu après coup et que j'avais entendu chez des jeunes gens copains d'Olivier et d'Hélène.

J'arrivais, malgré tout à roupiller, mais à six heures du matin, au lever du jour, j'avais conjointement une grande soif et une méga envie de pisser. Non, Madame, je ne dirai pas faire pipi : on dit, manger et non pas faire miam-miam. On dit boire et non pas faire glou-glou... Donc j'avais deux envies contradictoires mais pressantes. J'étais à un âge où je contrôlais très précisément ces « pulsions naturelles » et mon brave maître, arrivait dès que les portes de la cale étaient ouvertes, vers sept heures du matin. Je le retrouvais avec un plaisir non dissimulé. Il me faisait descendre, m'incitait à me soulager contre les parois métalliques et me servait un bon bol d'eau relativement fraîche. Grâce à sa présence, à l'élimination des urines et à la réhydratation des tissus, je retrouvais très vite ma forme olympique. Encore une demi-heure d'attente, et le paquebot, vomissait en flots réguliers tous les véhicules à moteurs qu'il avait avalés sans les digérer. À la sortie d'Ajaccio, on s'arrêtait dans la première garrigue venue : je pouvais me dégourdir les pattes et me débarrasser d'autres éléments nocifs pour mon corps, mais bénéfiques pour le sol qui les accueillait.

On repartait ensuite vers la vieille maison de Monacia que l'on atteignait au bout de deux heures, deux heures trente, par une route truffée de montées, de descentes et de virages en épingle à cheveux. Entouré par les êtres chers qui m'adoraient et que j'aimais, je supportais sans trop de désagrément ce nouveau calvaire, d'autant qu'en arrivant c'était la liberté totale. Dans le haut quartier de la « Tegghia » les voitures étaient rares, elles n'écrasaient pas, elles pouvaient caresser à la rigueur et s'arrêter si l'on était carrément au milieu de la route. Le problème majeur était de se faire accepter par les chiens autochtones, toujours prêts à jouer de la canine. Ils étaient cependant, très respectueux de la propriété d'autrui et des « propriétaires » qui ne plaisantaient pas avec la discipline et maniaient facilement la trique. J'ai très vite compris la teneur de ces mentalités et des rapports humains-chiens, canins-canins à l'échelle de l'Île de Beauté. J'ai tout de suite adopté et mis en application la règle du jeu. Une fois mon territoire délimité dans les mêmes proportions que celui de mon maître, je me suis montré intraitable vis-à-vis de tous les individus de mon espèce, toutes races confondues. Mon Tony observait, chaque fois que possible, les scènes dites d'intimidation et lorsque l'adversaire lui paraissait trop imposant par rapport à mes modestes mensurations, il intervenait du geste et de la voix. Devant ces manifestations conjuguées du Toutou et du patron, même les molosses les plus imposants acceptaient, eux aussi, le statu quo, et passaient leur chemin, non sans avoir gratté énergiquement le sol de leurs pattes arrières, en lançant une modeste giclée d'urine pour émettre quelques réserves de principe.

Deux jours après notre arrivée, je pouvais trôner en toute quiétude, sur le terre-plein qui prolongeait la maison natale du patron, j'étais chez moi, avec l'accord tacite de la faune canine autochtone. Un beau jour, alors que nous étions en place depuis une semaine, un roquet de bas étage investit mon territoire, joue les matamores et prétend faire la loi dans « mon » domaine. Je lui explique gentiment les images car il ne semble pas savoir lire, et le prie poliment d'aller se faire voir ailleurs. Le quidam insiste, m'insulte, pique sa petite crise et me fonce dessus. J'évite son attaque, le chope au collet et lui fais « mordre » la poussière. Il pousse des hurlements de goret qu'on égorge et attire l'attention de son humanidé responsable qui tente de me botter le C... Outré par cette attitude, je lui mords la cheville : c'est la première fois que j'agresse un être humain ! Il fait machine arrière, ramasse son protégé, hèle mon patron. Monsieur, Monsieur, s'il vous plaît. Tony apparaît dans l'encadrement de la porte. Oui, vous désirez ? Votre sale chien a attaqué mon biquet et il m'a également mordu, j'émets les plus vives réserves et je vais porter plainte.

Riri, va coucher. Monsieur, si l'on veut discuter en toute sérénité, vous feriez mieux de ramener votre chien chez vous. Allez-y, je vous attends, sachez que mon Riou est assuré.

Le bonhomme s'exécute et revient illico.

Oui, il s'est comporté comme un enragé, il a sauté sur mon biquet et comme j'ai voulu le défendre il m'a mordu la cheville.

Ah oui, vraiment ? cela m'étonne, mon chien est très calme, il n'a jamais mordu quoi que ce soit ou qui que ce soit.

Pourtant...

Excusez-moi, Marc tu as vu quelque chose ?

Euh, oui, c'est le petit chien qui a attaqué le premier, je dirais sans « sommations ». Le tien s'est défendu. Monsieur est intervenu, il a balancé un coup de pied à Riou qui en échange lui a « décroché » un coup de crocs.

Vous êtes en vacances ici Monsieur ?

Oui, j'ai loué un peu plus loin.

Ici chaque chien a pour mission de défendre son territoire que les autres toutous respectent. Je regrette, mais la faute semble venir de votre Mickey ?

Non, Biquet Monsieur, pas Mickey, Biquet c'est un ange.

Il semble avoir joué les démons, une fois n'est pas coutume.

Démon ou pas je porte plainte.

Vous ferez comme vous voudrez, mais les faits sont là. Attendez un jour ou deux, si les blessures s'enveniment, nous ferons un constat...

Le lendemain, Monsieur X renonçait à son intention première. C'est le seul problème que j'ai eu en kalliste, et en plus c'est avec un chien de « pinzuti », disait Tony.

Avec les autres chiens du quartier, après quelques grognements de pure forme, quelques poils hérissés et quelques « pissettes », il n'y a pas eu de problème. R.A.S. Il faut dire que je respectais scrupuleusement leur territoire et leurs prérogatives.

C'est également en Corse que j'ai fait connaissance avec la grande bleue. La première fois que je suis descendu à la plage, il faisait une chaleur torride. J'avais la gorge sèche et me précipitai dans la mer pour laper quelques « languées » d'eau fraîche. Ma déception fut grande. Bon Dieu qu'elle était salée, pour vous c'est évident mais moi je l'ignorais. Heureusement que mes bons maîtres avaient de « l'eau plate ». J'ai étanché ma pépie, aggravée par le sodium et ai suivi Tony et Josette dans l'eau. J'ai compris que je savais nager sans jamais avoir appris : ça c'est un avantage que l'on a sur vous messieurs et mesdames. J'adorais également le poisson, à tel point que je le croquais tout cru. J'en avais fait l'expérience au lac de Valenssanges. Le Tony et l'Eugène péchaient à l'asticot. Ils décrochaient ponctuellement des ablettes argentées qu'ils jetaient négligemment sur la pelouse. Je m'approchais de ces bestioles qui s'arc-boutaient, puis se détendaient pour se propulser dans les airs à quelques dizaines de centimètres. J'en chopais une au vol au grand dam des pécheurs et la croquais toute crue et toute vivante. C'était bien bon, mais après la seconde victime les pescadous garèrent soigneusement leurs prises dans leur nasse. Fort de cette première expérience, je rééditai au bord de mer ce qui déclencha quelques crises de rire et assura ma notoriété auprès des estivants et estivantes de tous poils et de tous âges. Je forçais l'admiration des enfants en faisant des excentricités avec les petits crabes noirs, des trous dans le sable, des courses effrénées au ras des flots. Je jouais également à la balle ou au ballon et prenais un malin plaisir à piquer le cochonnet des joueurs de boules qui me poursuivaient en rouspétant ou en rigolant, sans jamais m'attraper.

Si Tony me donnait l'ordre de rapporter l'objet, comme le gibier à la chasse, je m'exécutais avec beaucoup de sérieux. La Corse c'est bien connu, est une montagne plongée dans la mer. À Monacia j'ai pu vérifier la chose par moi-même, en me promenant par monts et par vaux, avec mon « maître ». C'est ainsi que j'ai découvert « le canal ». C'était à quelques kilomètres du village, une petite vallée fluviale, creusée et fertilisée par un torrent qui gardait en toutes saisons suffisamment d'eau pour permettre, par un système de canaux dérivés, un arrosage idéal. Entre la terre limoneuse et souple et l'eau pure et naturelle, elle était encore potable, les fruits méditerranéens, pêches, figues, oranges, mandarines et les légumes, prenaient des formes et des couleurs hors normes. J'adorais ce coin, fort giboyeux, d'autant que l'espace cultivé, constitué par une bande étroite, sur la droite du cours d'eau, était bordé d'oliviers étincelants sur un terrain chaotique, parsemé d'énormes croupes de granit blanc. Ces abris naturels constituaient, pour la sauvagine, de véritables HLM, confortables et esthétiques ; pour moi c'était le nirvana.

J'adorais également Ghianucciu, un hameau situé à douze kilomètres du village, sur un éperon rocheux qui s'élevait presque à pic au-dessus du niveau de la mer. En une quinzaine de virages sévères, sur une route dont l'étroitesse et les grimpettes pouvaient soutenir la comparaison avec celles des cols alpestres ou pyrénéens, on passait, de zéro à douze cent mètres d'altitude, au sommet de l'omo-di-cagna, qui a vol d'oiseau se situe à cinq ou six kilomètres de la plage. Il y avait dans cette colline géante des châtaigniers et des essences d'arbres plus montagnards que maritimes et des sources d'une fraîcheur et d'une limpidité exceptionnelles, avec des vasques naturelles dans lesquelles je faisais de délicieuses trempettes.

Si j'étais un être humain, je crois bien, j'en suis même sûr que j'aimerais coller sur ma voiture le macaron tout rond décoré de la tête de Maure, et cerclé par ces lettres : « so corsu et so fieru ».

À PROPOS DE... NOUS

Depuis que je suis là-haut, je me suis intéressé de plus près à ce que l'on a pu dire sur nous, à travers les âges. Tout le monde connaît le dicton : « qui veut noyer son chien l'accuse de la rage ».

Certes, il y a bien des maîtres indélicats qui nous utilisent lorsqu'ils ont besoin de nous, puis nous jettent, comme un klynex, lorsqu'on les gêne tant soit peu ! fort heureusement il y a aussi beaucoup de bons patrons.

Buffon écrivait : « Avoir gagné une espèce courageuse et docile comme celle du chien c'est avoir acquis de nouveaux sens et les facultés qui nous manquent ». En voilà un qui nous appréciait à notre juste valeur, et il savait de quoi il parlait, son histoire naturelle comportait trente-six volumes ! et elle est inachevée ! mais au fait, d'où venons-nous, les totoli toutous ? Maurice Mathis affirmait : « Les origines du chien sont un de ces problèmes qui resteront toujours insolubles ». Il n'avait sans doute pas tort car les hypothèses concernant nos aïeux, sont légions. En voici quelques-unes : on cite le Tomarctus, l'Adam des chiens qui aurait vécu en Amérique il y a une quinzaine de millions d'années, puis le Canis Sinensis qui viendrait de Chine, et le Canis Lupus ! il y a deux cent mille ans !

En fait, nous aurions, outre le loup, plusieurs autres ancêtres sauvages... Et la domestication ? J'adore les chevaux, bien qu'ils me fassent un peu peur mais la plus noble conquête de l'homme (ou l'inverse ?) c'est peut-être bien nous ? Elle remonterait à onze mille ans avant Jésus-Christ à la fin du Magdalénien au « paléo sup » et le chien d'arrêt, n'a été consacrée comme tel qu'au Moyen Âge. Je viens de vous dire que j'avais un peu peur des dadas, mais pas des vaches : elles « fleurissaient » au printemps dans les prés creusois, lourdes, placides, stupides… chaque fois que je me promenais dans la campagne de ce beau département, je ne résistais pas au plaisir de me payer un peu leur tête. Je passais sous les clôtures électriques et me plantais au beau milieu du pré. Après un temps de réflexion, proportionnel au rapport du poids de leur corps en quintaux, sur le poids de leur « pois-chiche » en grammes, elles accouraient, lourdement et convergeaient dans ma direction, têtes baissées, naseaux fumants. J'attendais le dernier moment, mettais le turbo, et me retrouvais à l'autre bout du champ, lorsqu'elles arrivaient enfin à l'endroit présumé, où je me trouvais à l'origine ! Je m'allongeais dans l'herbe fraîche, regardais ces grosses bêtes en rigolant et attendais malicieusement que leurs neurones, rapides comme une tortue avec un frein, leur commandent de revenir à la charge. Josette qui a une peur panique des vaches, était toujours effrayée par mon manège, qui de ce fait, prenait encore plus d'intérêt. Voilà, je voulais vous raconter cette petite anecdote qui m'est revenue spontanément.

Revenons, si vous le voulez bien, à ce que l'on peut dire de nous, il y a encore plein de choses : « Le chien c'est la vertu qui ne pouvant se faire homme, s'est fait bête ».

« Les chiens ont le sourire dans la queue » qui a dit cela ? Victor Hugo… sympa non ?

« Tout homme est Napoléon pour son chien, c'est pourquoi les chiens ont tant de succès. » (A. Huxley).

Plus je prends du recul par rapport à la vie et plus je me rends compte que c'est vrai. Bravo Monsieur Huxley.

« Le monde ne subsiste que par l'intelligence du chien. » Zend-Avesta-Vendidal VIe siècle avant J-C !!!

… Eh oui on fait un sacré boulot : chiens de chasse, de traîneau, d'aveugle, de garde, berger, d'agrément, de compagnie… En voici d'autres preuves, extraites de l'expérience et de la sagesse populaire : « chien de quartier », « chien de bord », « être malade comme un chien ». « Il fait un temps de chien », « mener une vie de chien », « avoir du chien », « dormir en chien de fusil », « garder un chien de sa chienne », « arriver comme un chien dans un jeu de quilles », « chien qui aboie ne mord pas »… La liste n'est pas exhaustive, bien d'autres expressions et métaphores ponctuent la vie de l'homme en y associant le chien, ce fidèle compagnon, toujours disponible, taillable et corvéable à merci.

Et celle-ci « un chien regarde bien un évêque », le plus humble peut regarder un grand personnage, enfin quand ça lui est permis ! Jacques Prévert a profité de l'occasion pour faire le poème suivant :

C'est un évêque qui est saoul et qui met sa crosse en l'air…

Il est saoul
Il roule dans le ruisseau
Sa mitre tombe…
Sur le trottoir il y a un chien
Il est assis sur son cul
Il regarde l'évêque
L'évêque regarde le chien
Ils se regardent en chien de faïence

… Et « le chien de Jean de Nivelle qui s'enfuit quand on l'appelle » ? Pauvre Nivelle, déshérité par son père parce qu'il n'avait pas voulu se battre au côté de Louis XI, contre le duc de Bourgogne… Et c'est encore nous, pauvres toutous, qui trinquons : un chien qui se sauve quand on l'appelle, est en règle générale un animal mal traité, qui craint l'homme et préfère prendre le large. Lorsque Charlet dit « ce qu'il y a de meilleur dans l'homme c'est le chien », je pense qu'il a entièrement raison. Il rejoint Virgile qui conseille dans les Géorgiques : « ménage toi des chiens, le fidèle concours ».

Toutes ces bonnes paroles, ces locutions pleines de bons sens, de philosophie et de vérité me ravissent l'âme et le cœur, surtout lorsqu'elles sont dites ou écrites par des savants, des poètes, des hommes illustres. Vous n'êtes pas d'accord ? Si oui lisez encore ces quelques lignes de Buffon, sinon abstenez-vous… moi je confirme, je signe, et je bois du petit lait.

« Le chien a de plus que l'homme la fidélité, la constance dans ses affections ; nulle ambition, nul intérêt, nul désir de vengeance, nulle crainte que celle de déplaire ; il est tout zèle, toute ardeur et toute obéissance ; plus sensible au souvenir des bienfaits qu'à celui des outrages, il ne se rebute pas pour les mauvais traitements ; il les subit, les oublie, ou ne s'en souvient que pour s'attacher davantage : loin de s'arrêter ou de fuir, il s'expose lui-même à de nouvelles épreuves, il lèche cette main instrument de douleur qui vient de le frapper ; il ne lui oppose que la plainte et la désarme enfin par la patience et la soumission ». Notre comportement relève véritablement de la morale chrétienne, la plus altruiste, nous mériterions d'être sanctifiés auprès de saint Roch, sauf peut-être les Pitt Bull ? bien qu'ils soient encore plus victimes de l'homme que tous les autres canidés.

À LA VIE À LA MORT

Onze ans, je vais avoir onze ans, ça correspond à vos 60 ans ! je suis en forme, mais il y a un mais, j'ai l'œil droit enflammé, rougeoyant, enflé. Tony s'inquiète - à la fin de la semaine si ça ne s'arrange pas, on va voir le véto. Je rentre la tête dans les épaules et les oreilles dans la tête. Véto ! C'est pire que « tique ». J'ai horreur de ça, non pas à cause du praticien, lui-même, mais surtout des odeurs. Comme dirait le petit tamatoa « ça sent pu ». Ce bon petit diable de quatre ans, tahitien d'origine, du moins par sa mère, a déjà un sens très aigu de la langue française, avec une logique imparable : comme on dit ça sent bon, lorsque la senteur est agréable, il dit « ça sent pu » lorsqu'elle est désagréable. D'où des variations du genre : « ça sent pu », « ça ne sent pu plus », « ça sent pu plus… » C'est déjà de la haute voltige intellectuelle pour un galopin de cet âge.

Chez le véto je tremble, je me cache sous les sièges de la salle d'attente, je lâche quelques gouttes de pisse, bref je suis très malheureux. Il faut pourtant y aller. Le diagnostic du toubib est clair, le pronostic plutôt sombre : « il y a une tumeur, il faudra probablement « énucléer » mais il y a peut-être lieu de voir un spécialiste et il donne à Tony l'adresse d'un « ophtalmo » spécialisé dans les problèmes oculaires des animaux !

Il faut qu'on y aille mon Riou ! Je ne capte pas le message, trop heureux de quitter l'officine du véto pour un bon bol d'air. Trois jours plus tard, nous nous retrouvons chez ce grand spécialiste. Il est très sympa, son assistante aussi : ils me font plein de câlins, elle m'appelle mon grand, lui mon petit gars, attitudes oh combien anthropomorphes qui rassurent à la fois l'animal et l'humain. Après un examen long et minutieux le spécialiste confirme le premier diagnostic : il faut énucléer, pas d'autre solution. Cela doit être fait assez vite, avant que la tumeur ne s'égare dans mes beaux petits neurones. L'opération est classique, elle peut se faire chez n'importe quel vétérinaire digne de ce nom. Nous partons à Ambazac, chez Lélé et Thierry, il y a un très bon groupe vétérinaire. Je passe à la casserole, l'opération se déroule dans les meilleures conditions possibles. Vingt-quatre heures après, Tony vient me chercher. J'ai un gros pansement, et autour du cou un immense entonnoir qui comme tous les instruments de ce type, s'évase vers l'extérieur, pour m'empêcher de me gratter, d'envenimer le champ opératoire. C'est tellement encombrant, que je ne peux ni boire ni manger, ni même caler ma pauvre tête en position de repos. C'est l'enfer ! Tony m'explique : bon mon Riri, demain on enlèvera ce carcan, mais tu me promets de ne pas toucher à ton œil, pas gratter ! pas de coup de patte, pas de frotti-frotta contre un mur ou un arbre. D'accord ? je dis oui à ma façon - avec mon pote, nous nous comprenons à demi-mots.

Le lendemain, « on m'enlève le haut », je tiens promesse, pas le moindre grattage, la cicatrisation est parfaite, mais je me retrouve borgne. La vision binoculaire étant moins essentielle pour nous que pour vous, ça ne me pose pas de problèmes majeurs, je n'ai plus mal, je retrouve toute ma vitalité. Malheureusement, les analyses post opératoires confirment que la tumeur est maligne ! le chirurgien, une femme en l'occurrence nous rassure à moitié : « on a pratiquement tout enlevé, mais ça peut repartir, il peut y avoir des métastases, mais vous êtes tranquille au moins pour un an ».

Pendant une bonne quinzaine de mois, tout est O.K. Je cours comme un épagneul breton, j'allais dire comme un lapin, je mange bien, je dors bien, je chasse bien… puis les choses se détraquent assez rapidement : je fatigue vite, manque d'appétit, de résistance et présente des essoufflements et des petites quintes de toux intempestives. Lorsque nous partons en promenade, je suis obligé de faire des petites poses. Pour moi qui courais comme un dératé, c'est une catastrophe. Tony navré et inquiet me ramène chez le véto de Roquebrune. Il en ressort désespéré : « métastases aux poumons c'est une question de mois. Je vais vous donner un traitement aux corticoïdes, ça va le prolonger un peu… Et une nouvelle opération ? - Non, on va le charcuter, le faire souffrir pour rien, il faut être courageux dans un mois, un mois et demi, il faudra sans doute le faire piquer… Excusez ma franchise, mais il est foutu, je ne veux pas vous leurrer vous comprenez ?

Oui, oui, je préfère la vérité, même si elle est dure à entendre, on est tellement en osmose mon Riou et moi.

Oui, je comprends moi aussi, dit le véto.

Je prends mes petites pilules : elles me dopent : pendant deux ou trois jours, je me sens mieux, je suis plus alerte, mais ça ne dure pas. La grande fatigue reprend ses droits, l'appétit s'amenuise, je maigris, mes muscles fondent et ma cage thoracique augmente de volume. Nous partons malgré tout en Creuse et en Limousin voir Lelè et sa petite famille. Les doses médicamenteuses augmentent mais leur effet diminue. Je mange la valeur de trois grains de raisin, je les rejette aussitôt. Je veux aller dans la nature faire mes petits besoins, mais « je m'oublie en route », au rythme où j'avance, ce n'est pas étonnant. Des spasmes de plus en plus longs bloquent et agitent ma respiration, mon arrière train dévisse lamentablement. Josette, Hélène, Tony réalisent qu'il n'y a vraiment plus rien à faire, je n'ai plus la force de les rassurer, je ne puis plus frimer, je suis cuit ! Tony, l'œil dur, le visage fermé, annonce : demain j'y vais, nous n'avons plus le choix. Il tient à être seul, pour assurer cette ultime et douloureuse mission. Le lendemain matin nous prenons tous les deux le chemin du complexe vétérinaire d'Ambazac. Je tremble, j'oscille sur mes pattes qui ne me portent plus ; dans la salle d'attente il y a déjà trois personnes. Tony ne cesse de me caresser et de me remonter le moral. Notre tour arrive, mon maître explique le cas. Oui, je connais le dossier dit le toubib, vous savez qu'il n'y a plus rien à faire, c'est la fin... De grosses larmes roulent sur les joues de mon bien-aimé patron. Vous savez, il ne va absolument pas souffrir, c'est une piqûre à deux temps : primo endormissement, secondo injection finale. Il ne comprendra, ne réalisera rien du tout, lorsque vous allez le reprendre il ne sera pas raide, il aura l'air de dormir pour de bon, ne vous en faites pas...

Mon Tony reste sans parole, nous échangeons simplement un regard ; il sort, je sais, il sait que je sais ; la réciproque est vraie... Quelques minutes plus tard, le véto revient, il m'a enveloppé dans une couverture, mon premier et provisoire linceul. Je n'ai pas pu voir cette scène en direct, et pour cause, mais grâce au pouvoir qui m'a été conféré, le temps de vous raconter « mes mémoires » j'ai vu la chose en différé. Antoine s'est tenu et retenu, le temps d'un chèque qu'il a fallu donner à la clinique, puis les larmes ont embué ses yeux. J'étais installé dans la malle, il a pris le volant, secoué par des sanglots incontrôlables. J'ai eu peur, enfin façon de parler qu'il « attrape accident » comme on dit en Creuse. Il a parcouru les cent kilomètres qui nous séparaient de Peyrat, en chialant, en gueulant contre le sort qui lui enlevait son chien, contre ce putain de cancer, cette saloperie qui avait bouffé son Riou, il était inconsolable. Toujours en pleurant, en gémissant, en injuriant bon dieu et saints, il a creusé ma tombe au pied d'un bloc de granit. Il n'a pas lésiné sur les dimensions ; ma dernière demeure était vaste et confortable... Il m'a installé dans le panier d'osier, où je coulais des soirées heureuses et douillettes après de belles promenades ou des journées de chasse, mémorables : il m'a caressé, j'étais effectivement encore chaud et souple. Dors mon petit chien mignon, dors bien, et la mort dans l'âme il m'a recouvert d'un beau linceul blanc et d'une couverture de bonne terre peyratoise, qui me protégeait totalement de toutes les agressions de surface, toujours possibles.

Le lendemain, toujours « aussi secoué » par ma disparition, il a dallé mon tombeau, avec des vieilles tuiles, et il l'a entouré d'une barrière rustique, faite en bois de noisetiers. Incapable de s'éloigner de ma nouvelle résidence, il a planté une touffe de bruyère au pied de ma sépulture, puis insensible au monde extérieur il s'est mis à graver mon nom sur ce bloc de granit méga-séculaire.

Les villageois passaient au gré de leurs occupations sur la route qui surplombe le champ. Ils voyaient « le Tony » à l'ouvrage, ils avaient d'instinct compris la situation et respectaient ce temps d'intimité et de communion, entre le chien défunt et son maître… Il y a dans nos campagnes des savoir-faire et des savoir-être qui se sont définitivement perdus dans le cœur malade de nos villes.

ÉPILOGUE

Voilà ma belle histoire, la fin est triste, c'est une vérité de La Palice, on ne peut pas y échapper : même si la mort est douce, la déchirure est toujours atrocement douloureuse pour ceux qui restent et qui aiment. J'espère que je ne vous ai pas trop... barbé avec mes « toutouseries* », moi j'ai pris un grand plaisir à vous les présenter. Avant de repartir pour d'autres lieux, pour d'autres cieux, je voudrais encore vous présenter trois petites « choses », relevées au hasard de mes réflexions et de mes lectures :

L'église et les chiens : « l'Église interdit l'inhumation d'un chien dans un cimetière dès le moment où celui-ci a été béni, a fortiori, s'il y a une croix ou un insigne religieux sur la tombe. Il ne s'agit pas de mépriser les chiens, mais tant qu'on ne leur aura pas reconnu une âme, il est impossible de les enterrer en compagnie de chrétiens »... dont acte et sans commentaires.

« Près de cet endroit
Reposent les restes d'un être
Qui posséda la beauté sans vanité
La force sans l'insolence
Le courage sans la férocité
Et toutes les vertus de l'homme sans ses vices.

**Toutouseries : toujours dans notre langage spécifique signifie : « propos de chiens. »*

Cet éloge, qui serait une absurde flatterie
S'il était inscrit au-dessus des cendres humaines,
N'est qu'un juste tribut à la mémoire de BOATSWAIN… »

C'est l'inscription que Lord Byron mit sur la tombe de son chien…

« Un regard de chien qui se meurt et l'on perd pied » Dr Mery…

Je remercie mon Tony d'avoir abrégé mes souffrances et ma déchéance, il a bien fait et je lui en suis reconnaissant.

Voilà Adessias mes amis, pace et saluti a tutti.

RIOU

SOMMAIRE

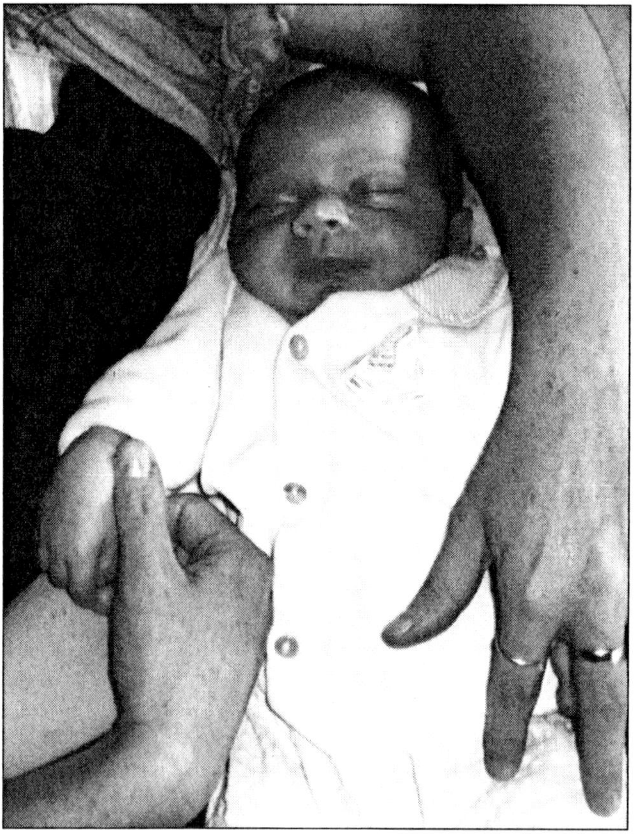

Pour la naissance de ma petite fille LINA.

Un peu «BENE» - Un peu «CORSEE»
Produit «MAISON» - Un peu «BAUJON».
Un peu «CHACHA» - un peu «FAVA».
À notre belle LINA,
Qui sourit déjà,
Dans les bras de sa MAMA.

Son MISSIA.

Roquebrune, le 16 juin 2000